ギルティゲーム

stage2　無限駅からの脱出

宮沢みゆき／著
鈴羅木かりん／イラスト

★小学館ジュニア文庫★

GUILTY GAME

stage2 無《む》限《げん》駅《えき》からの脱《だっ》出《しゅつ》

次《つぎ》のギロンパ様《さま》のゲームは
【赤《あか》ずきんちゃんを探《さが》せ】
ガロン
ガタン
ゴトン
狼《おおかみ》チームは推理《すいり》して赤《あか》ずきんちゃんを見《み》つけ出《だ》したら勝《か》ち!
赤《あか》ずきんちゃんは狼《おおかみ》チームから逃《に》げ切《き》ったら勝《か》ち!
ゴトン
ガロン
お手元《てもと》のスマホアプリに配役《はいやく》の抽選結果《ちゅうせんけっか》が表示《ひょうじ》されるチョロ!
狼役《おおかみやく》が9人《にん》で……
赤《あか》ずきん側《がわ》にはおばあさん役《やく》と猟師役《りょうしやく》に2人《り》しか味方《みかた》がいないのか
うっわーえぐいわぁ
赤《あか》ずきんが圧倒的《あっとうてき》に不利《ふり》やん!
はっ……

プレイヤー番号《ばんごう》
6577番《ばん》
加納妃名乃《かのうひなの》
当選
おめでとう!!
6577
あなたの名前
加納妃名乃
赤ずきん
配役《はいやく》
『赤《あか》ずきん』
え…
ウソ…
私《わたし》が
赤《あか》ずきん役《やく》…？
私達《わたしたち》が強制的《きょうせいてき》に参加《さんか》
させられているのは
ギロンパのゲーム
ゲームに
勝《か》ち続《つづ》けなければ
現実世界《げんじつせかい》へは
戻《もど》れない
ウキャ
キャキャ
キャキャ
そしてゲームに
負《ま》けてしまったら…

ギロンパ様《さま》の新《しん》発《はつ》明《めい》品《ひん》・ウラシマッチは
強《きょう》制《せい》的《てき》に成《せい》長《ちょう》を促《そく》進《しん》させる！
今《こん》回《かい》赤《あか》ずきん役《やく》は狼《おおかみ》に見《み》つけられた時《じ》点《てん》で100年《ねん》分《ぶん》のウラシマッチが発《はつ》動《どう》するから気《き》をつけるチョロ☆
どうしよう
私《わたし》が赤《あか》ずきん役《やく》ってみんなにバレたら
あっという間《ま》におばあちゃんになって…
死《し》んじゃう…！
おい、妃《ひ》名《な》乃《の》？大《だい》丈《じょう》夫《ぶ》か？
！
剣《けん》人《と》さん…

な、なんでもない…です
なんだかすごく、き、緊張《きんちょう》しちゃって…
剣人《けんと》さんを…みんなを…
疑《うたが》って、騙《だま》して、裏切《うらぎ》って
うまくウソをつかなきゃ勝《か》ち残《のこ》れないゲーム
助《たす》けてお姉《ねえ》ちゃん
私《わたし》は一体《いったい》、どうすればいいの…？

←Game Start

ご乗車《じょうしゃ》ありがとうございまあっす！
皆《みな》さま適当《てきとう》な座席《ざせき》にお座《すわ》りくださいドクル～☆

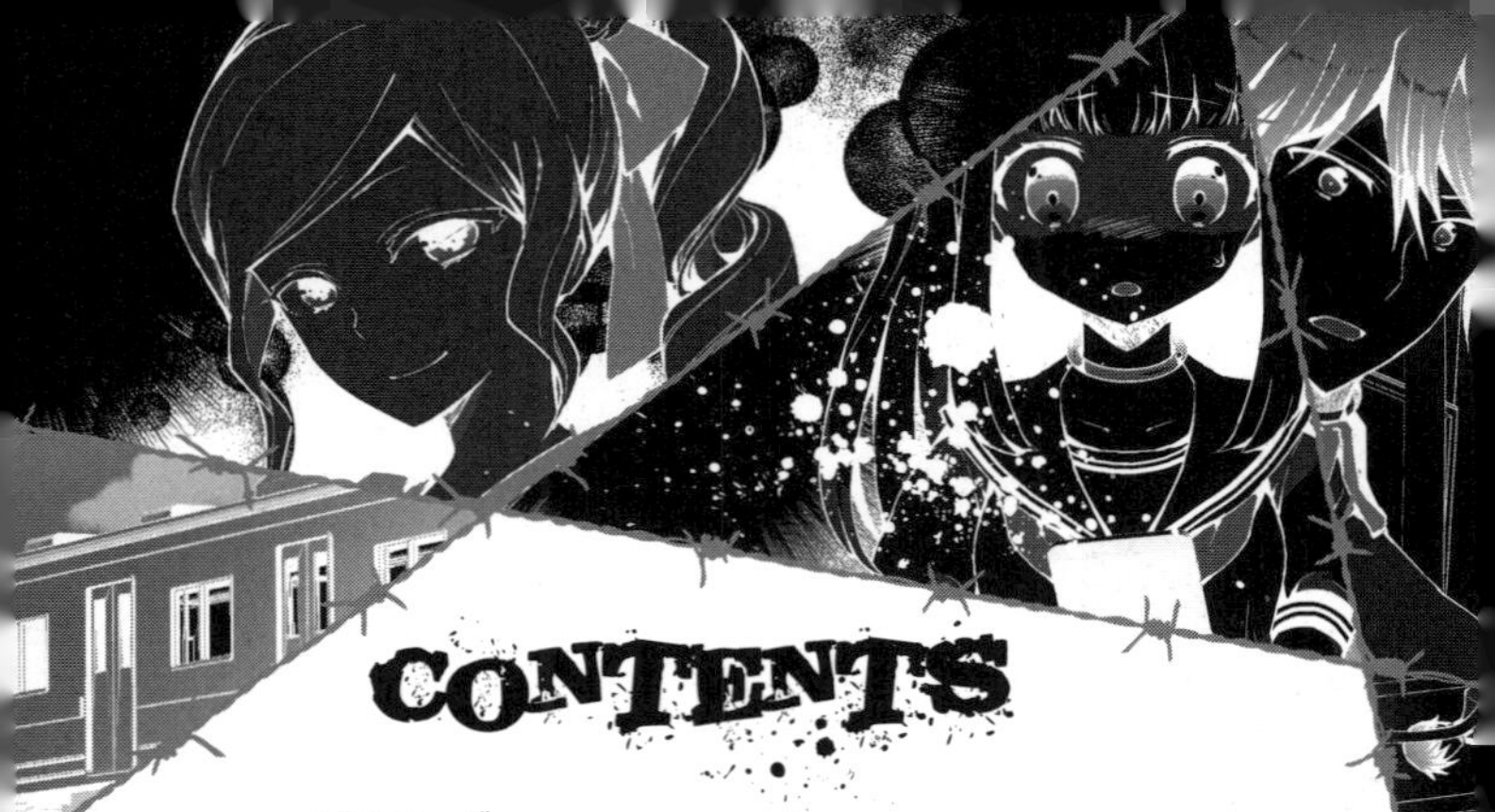

CONTENTS

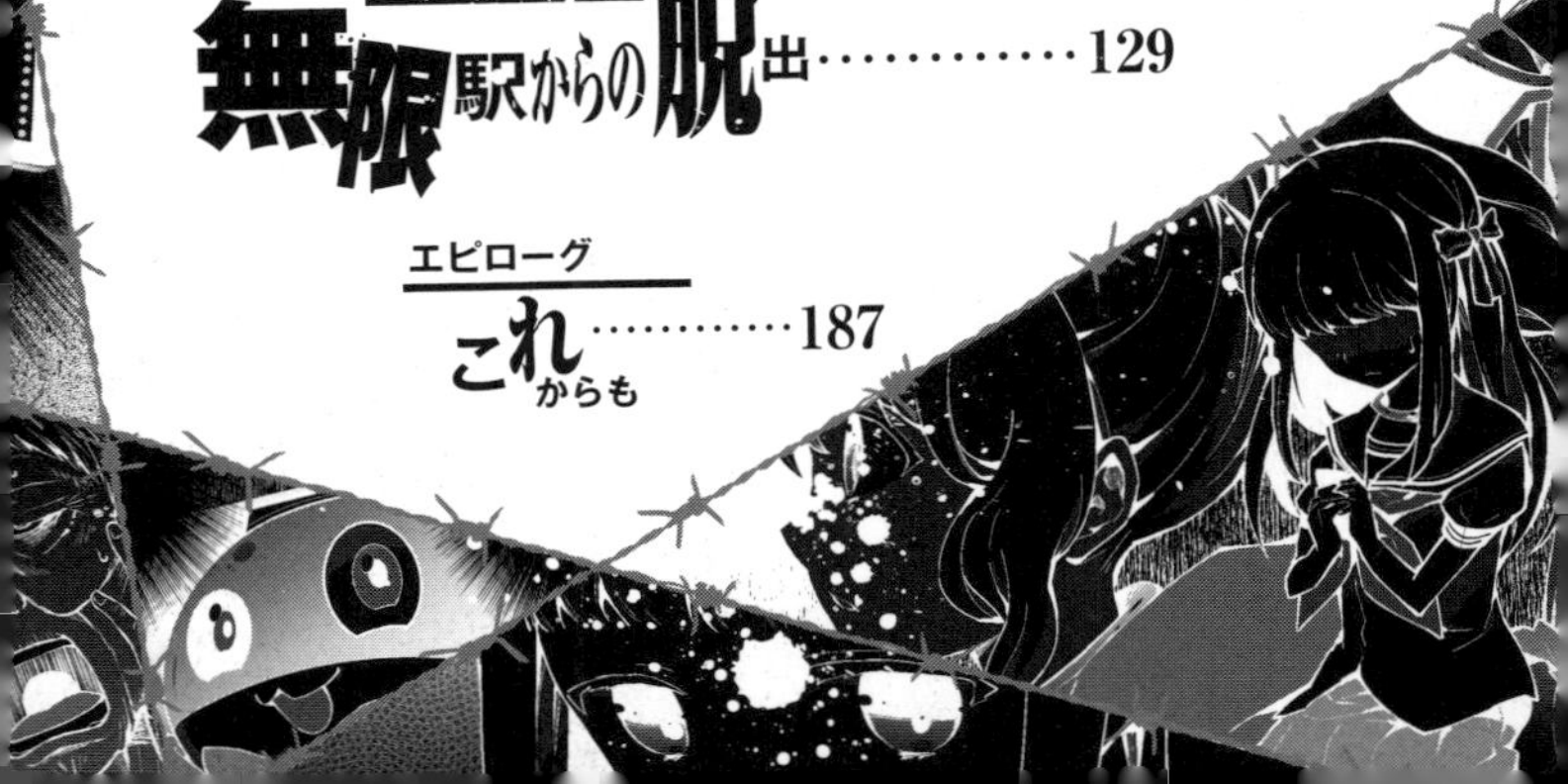

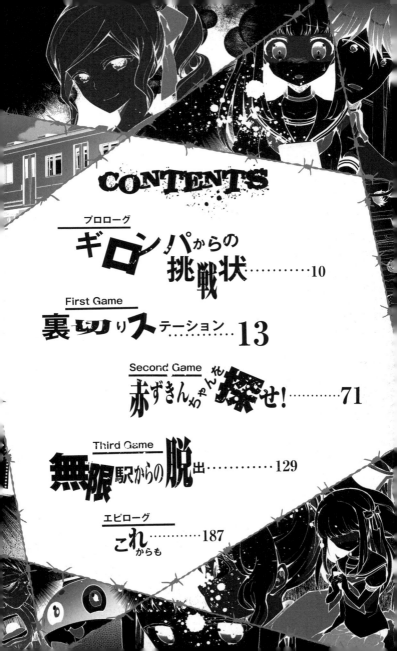

クルンパ
今回《こんかい》のゲームの進行役《しんこうやく》で、プレイヤーのお世話係《せわがかり》。
チョロンパ
絶対的《ぜったいてき》にギロンパに尊敬《そんけい》とLOVE《ラブ》！
戸坂勝真《とさかしょうま》(16)
へらへらしていて裏《うら》が読《よ》めない。剣人《けんと》とは相性《あいしょう》が悪《わる》く、犬猿《けんえん》の仲《なか》である。
日向剣人《ひゅうがけんと》(16)
高校《こうこう》1年生《ねんせい》。背《せ》が高《たか》く剣道部《けんどうぶ》に所属《しょぞく》している。正義感《せいぎかん》が強《つよ》く、正《ただ》しい男《おとこ》の子《こ》。
加納妃名乃《かのうひなの》(12)
有名私立《ゆうめいしりつ》に通《かよ》う12歳《さい》、引《ひ》っ込《こ》み思案《じあん》だけど観《かん》察力《さつりょく》がある。賢《かしこ》い犬《いぬ》のムサシだけが友達《ともだち》。
ギロンパ
ギルティゲームを開催《かいさい》する悪《あく》の根源《こんげん》。未来《みらい》から来《き》た正義《せいぎ》の味方《みかた》だというが…。
CHARACTER
キャラクター紹介《しょうかい》

プロローグ　ギロンパからの挑《ちょう》戦《せん》状《じょう》

ピンポンパンポーン！

お待《ま》たせいたしました。ギルティ線《せん》をご利用《りよう》いただき、誠《まこと》にありがとうございまぁっす。

この電車《てんしゃ》は近未来経由《きんみらいけいゆ》、無限駅行《むげんえきい》きでございます……だロン！

おっとっとっとっと、ご紹介《しょうかい》が遅《おく》れました。ボクはギロンパ。

未来《みらい》からやってきた正義《せいぎ》の味方《みかた》で、君達《きみたち》をお仕置《しお》きするのがお仕事《しごと》なんだロン！


え？　なんでおまえなんかにお仕置《しお》きされなきゃいけないんだって？

グフフフ……。それは君達《きみたち》が未来《みらい》の反逆者《はんぎゃくしゃ》だから！

大人《おとな》しくギロンパ帝国《ていこく》の国民《こくみん》でいればいいものを、いちいちボクのやることに立《た》てつきやがって……。

ギロンパ、チョーチョー怒《いか》りが大爆発《だいばくはつ》なんだロン！

そんなわけでギロンパ、未来《みらい》の反逆者《はんぎゃくしゃ》である君達《きみたち》のために、またまたギルティゲームを開催《かいさい》することにいたしましたぁ！

ギルティゲームに勝《か》てたら、君達《きみたち》は反逆《はんぎゃく》の罪《つみ》を許《ゆる》されて無限駅《むげんえき》から脱出《だっしゅつ》できる。

だけどもしゲームに負《ま》けたらその時《とき》は……。

ウキャキャキャキャ！　その先《さき》はもう言《い》わなくてもわかってるよね？

ギロンパ、この日《ひ》のために張《は》りきって新《あたら》しい発明品《はつめいひん》も考《かんが》えちゃいましたぁ〜、テヘ☆

ちなみに今回《こんかい》ゲーム進行《しんこう》を務《つと》めるのはギロンパの忠実《ちゅうじつ》なる部下《ぶか》・チョロンパとクルンパでございまぁっす。

ではでは皆様《みなさま》、ご乗車《じょうしゃ》ありがとうございました、まもなく終点《しゅうてん》、無限駅《むげんえき》、無限駅《むげんえき》です。

どなた様《さま》も落《お》とし物《もの》お忘《わす》れ物《もの》ございませんよう、ご注意下《ちゅういくだ》さい……だロン！

First Game 裏切《うら ぎ》りステーション

5月《がつ》17日《にち》。それは特別《とくべつ》でもなんでもない普通《ふつう》の日《ひ》——のはずだった。

少《すく》なくとも2年前《ねんまえ》までは。

だけどある事件《じけん》がきっかけで、5月《がつ》17日《にち》は私《わたし》の人生《じんせい》で一番悲《いちばんかな》しい日《ひ》となってしまった。

なぜならその日《ひ》は私《わたし》の大好《だいす》きなお姉《ねえ》ちゃん——加納姫乃《かのうひめの》が、行方不明《ゆくえふめい》になってしまった日《ひ》だからだ。

◇◆◇◇◆◇

「加納《かのう》さんのお姉《ねえ》さんって、まだ見《み》つからないんですってね」

「！」

それはゴールデンウィーク明《あ》けの5月《がつ》のある日《ひ》の昼休《ひるやす》み。教室《きょうしつ》に戻《もど》ろうとしたら、クラスメイトが私《わたし》の噂話《うわさばなし》をしているのが偶然耳《ぐうぜんみみ》に入《はい》った。

ど、どうしよう。このまま来《き》た道《みち》を引《ひ》き返《かえ》して図書室《としょしつ》に戻《もど》ったほうがいいかな？

私《わたし》は借《か》りてきたばかりのイギリス文学名作選《ぶんがくめいさくせん》を手《て》にしたまま、廊下《ろうか》の端《はし》で立《た》ち止《ど》まる。

「そうそう、確《たし》か全国各地《ぜんこくかくち》で一斉《いっせい》に100人《にん》の子供《こども》が行方不明《ゆくえふめい》になったあの事件《じけん》！」

「犯人《はんにん》はまだ、捕《つか》まってないんでしょ？」

「加納《かのう》さんのお父《とう》さんは政治家《せいじか》の加納清史郎《かのうせいしろう》だから、お姉《ねえ》さんもそれで狙《ねら》われたんじゃないかって話《はなし》」

「気《き》の毒《どく》よね。せめて骨《ほね》だけでもいいから見《み》つかるといいのに」

「ねー、一体《いったい》どこに埋《う》まっているのかしらぁ？」

そこまで聞《き》いて、私《わたし》は素早《すばや》くきびすを返《かえ》した。

(骨《ほね》って何《なに》？　埋《う》まってるって何《なに》？　お姉《ねえ》ちゃんはまだ死《し》んだって決《き》まったわけじゃないのに……ひどいよ！)

そう思《おも》っているのに、引《ひ》っ込《こ》み思案《じあん》な私《わたし》は面《めん》と向《む》かってクラスメイトに抗議《こうぎ》することができない。

姫乃《ひめの》お姉《ねえ》ちゃんならきっとこんな時《とき》『勝手《かって》に人《ひと》を殺《ころ》してんじゃないわよ、あんたらボコボコにされたいの!?』って怒鳴《どな》り込《こ》んでるはず……。

(お姉《ねえ》ちゃん、ごめんなさい！　妃名乃《ひなの》、相変《あいか》わらず意気地《いくじ》なしの弱虫《よわむし》でごめんなさい！)

私《わたし》はこぼれそうになる涙《なみだ》を目《め》にためて、心《こころ》の中《なか》のお姉《ねえ》ちゃんに向《む》かって何度《なんど》も謝《あやま》った。

――私《わたし》、加納妃名乃《かのうひなの》、12歳《さい》。「ひめの」じゃなくて「ひなの」。

お姉《ねえ》ちゃんとは一字違《いちじちが》いだけど、お姉《ねえ》ちゃんと違《ちが》ってチビだし、グズだし、まるでいいとこなし。

そして私《わたし》のお姉《ねえ》ちゃんは元《もと》モデルだったお母様似《かあさまに》で、タレント事務所《じむしょ》から何度《なんど》もスカウトされるほどの美人《びじん》（ちなみに私《わたし》はお父様似《とうさまに》……）。とにかく勝気《かちき》な性格《せいかく》で、負《ま》けず嫌《ぎら》い。興奮《こうふん》した時《とき》は言葉遣《ことばづか》いが悪《わる》くなったりする。

お姉《ねえ》ちゃんは元《もと》モデルだったお母様似《かあさまに》で、タレント事務所《じむしょ》から何度《なんど》もスカウトされるほ

だけど本当《ほんとう》はとっても優《やさ》しい人《ひと》で、妹《いもうと》の私《わたし》をいつも強《つよ》い言葉《ことば》で励《はげ》ましてくれた。

『コラァ、妃名乃《ひなの》。〝どうせ私《わたし》なんか……〟っていう口癖《くちぐせ》は今《いま》から禁止《きんし》！　あんたにもいいところはたくさんあるんだからね！　姉《あね》のあたしが知《し》ってる!!』

……って。そんなお姉《ねえ》ちゃんのことを私《わたし》は大好《だいす》きだった。

だからお姉《ねえ》ちゃんが行方不明《ゆくえふめい》になった時《とき》も、お父様《とうさま》に泣《な》いてお願《ねが》いしたんだ。

『早《はや》くお姉《ねえ》ちゃんを見《み》つけてほしい。お姉《ねえ》ちゃんに会《あ》いたい』……って。

もちろんお父様《とうさま》にとってもお姉《ねえ》ちゃんは自慢《じまん》の娘《むすめ》だったから、ありとあらゆる手《て》を尽《つ》く

して捜索《そうさく》した。だけどいくら捜《さが》しても、犯人《はんにん》と被害者《ひがいしゃ》の足取《あしど》りはさっぱりつかめなくて。結局《けっきょく》あっという間《ま》に2年《ねん》の月日《つきひ》が過《す》ぎてしまった。

そして今《いま》も、事件《じけん》は未解決《みかいけつ》のままだ。


「おかえりなさいませ、お嬢様《じょうさま》。あらあら、また学校《がっこう》でいじめられたんですか？」

放課後《ほうかご》、家《いえ》に帰《かえ》ると、お手伝《てつだ》いさんの花江《はなえ》さんが目《め》を真《ま》っ赤《か》に充血《じゅうけつ》させてる私《わたし》を見《み》て
「早《はや》くお友達《ともだち》ができるといいですねぇ……」ってため息《いき》をついた。

だって聖《せい》アイリス女学園《じょがくえん》の生徒《せいと》はプライドの高《たか》いお嬢様《じょうさま》ばかりなんだもん。しかもお姉《ねえ》ちゃんのことをあんなふうにひどく言《い》う人《ひと》と、仲良《なかよ》くなんかなれるはずない。

「あ、あの、私《わたし》、夕《ゆう》ご飯《はん》まで、部屋《へや》で本《ほん》、読《よ》んでる……」

「あ、お嬢様《じょうさま》！」

私《わたし》は花江《はなえ》さんの呼《よ》びかけを無視《むし》して、2階《かい》の自分《じぶん》の部屋《へや》に逃《に》げ込《こ》んだ。バタンとドアを閉《し》めると同時《どうじ》に、飼《か》い犬《いぬ》のムサシも部屋《へや》の中《なか》に駆《か》け込《こ》んでくる。

「ワォン！ワンワン！」

「ただいま、ムサシ」

よしよしと頭《あたま》をなでると、ムサシはうれしそうに尻尾《しっぽ》を振《ふ》った。ムサシは元々《もともと》お姉《ねえ》ちゃ

んが拾《ひろ》ってきた犬《いぬ》。とても頭《あたま》がよくて、お手《て》やおすわり、待《ま》てとかなんでもできる。そんな賢《かしこ》いムサシと本《ほん》だけが私《わたし》のお友達《ともだち》だ。

「はぁ……、なんだか疲《つか》れた……」

着替《きが》えるのが面倒《めんどう》だった私《わたし》は、制服《せいふく》のままベッドにダイブした。そのまま枕元《まくらもと》に積《つ》んでいた本《ほん》の山《やま》に手《て》を伸《の》ばして、適当《てきとう》にパラパラとめくる。

「あーあ、これがコナン＝ドイルの小説《しょうせつ》だったら、お姉《ねえ》ちゃんは誘拐犯《ゆうかいはん》をカッコよく返《かえ》り討《う》ちにしてるのに。これがサン＝テグジュペリの小説《しょうせつ》なら、お姉《ねえ》ちゃんはすごい魔法《まほう》を使《つか》って、あっという間《ま》に家《いえ》に帰《かえ》ってくるのに……」

「クゥ〜ン？」

「そう妄想《もうそう》するくらい……いいじゃない？　ね、ムサシ」

私《わたし》が落《お》ち込《こ》んでいるのがわかったのか、ムサシはぺろぺろとほっぺをなめてくれた。カバンからスマホを取《と》り出《だ》して、待《ま》ち受《う》けにしてるお姉《ねえ》ちゃんと私《わたし》・ムサシのスリーショット写真《しゃしん》を眺《なが》める。

「あはは、この頃《ころ》のムサシはまだこーんなに小《ちい》さい子犬《こいぬ》だったのにね」

「ワウン……」

私《わたし》は写真《しゃしん》を見《み》ながらお姉《ねえ》ちゃんとの思《おも》い出《で》を懐《なつ》かしむ。

2年前《ねんまえ》は小学生《しょうがくせい》だった私《わたし》も、いつの間《ま》にかお姉《ねえ》ちゃんと同《おな》い年《どし》になっちゃった……。

「あれ、なんだろ、これ？」

その時《とき》だった。私《わたし》はふとスマホの画面《がめん》に見慣《みな》れないアプリがあることに気《き》づく。

アプリのタイトルは**『無限駅《むげんえき》への招待状《しょうたいじょう》』**——

だけどこんなアプリをダウンロードした記憶《きおく》、私《わたし》にはない。

「やだ、気持《きも》ち悪《わる》い。何《なに》かのウィルスかな……」

謎《なぞ》のアプリを起動《きどう》するほど馬鹿《ばか》じゃない私《わたし》は、すぐにアプリをゴミ箱《ばこ》に捨《す》てた。

——くらり

だけど次《つぎ》の瞬間《しゅんかん》、私《わたし》は強《つよ》いめまいを感《かん》じてベッドの上《うえ》に倒《たお》れ込《こ》んでしまった。

「あ、れ？　なんか急《きゅう》に眠《ねむ》く……なって、き…ちゃった……」

「クゥ～ン……」

夕陽射《ゆうひさ》す窓《まど》の向《む》こうではカラスがガーガー鳴《な》いていて、その声《こえ》を最後《さいご》に私《わたし》は——一気《いっき》に意識《いしき》をなくした。

◇◆◇◇◆◇

——ガタン……、ガタン、ゴトン……

私《わたし》はいつの間《ま》にか夢《ゆめ》を見《み》ていた。目《め》の前《まえ》には真《ま》っ白《しろ》な世界《せかい》が広《ひろ》がっていて、まるで雲《くも》の中《なか》にいるみたい。向《む》こう側《がわ》で悲《かな》しそうに微笑《ほほえ》んでいるのは……。

あっ、あれはもしかしてお姉《ねえ》ちゃん⁉

『妃名乃《ひなの》、心配《しんぱい》かけてごめんね。あたしもまさかこんなに早《はや》く妃名乃《ひなの》に会《あ》えなくなるなんて思《おも》わなかったよ……』

「お、お姉《ねえ》ちゃん……」

夢《ゆめ》に出《で》てきたお姉《ねえ》ちゃんは、２年前《ねんまえ》行方不明《ゆくえふめい》になった時《とき》の姿《すがた》のままだった。

くるくるとカールしたポニーテールが、緩《ゆる》やかに風《かぜ》になびいてる。

『だけど妃名乃《ひなの》、あたしがいなくてもあんたならきっと……。きっとギルティゲームを勝《か》ち抜《ぬ》ける。最後《さいご》まで絶対《ぜったい》に諦《あきら》めちゃやだめだよ』

「ギルティ…ゲーム？　何《なに》それ。何《なに》を言《い》ってるかわからないよ。それより一緒《いっしょ》におうちに帰《かえ》ろうよ！」

私《わたし》は半泣《はんな》きになって、お姉《ねえ》ちゃんを捕《つか》まえようと走《はし》り出《だ》した。だけど近《ちか》づけば近《ちか》づくほど、お姉《ねえ》ちゃんは遥《はる》か彼方《かなた》に遠《とお》ざかってしまう。

『妃名乃《ひなの》、あたしはもうあんたを助《たす》けてやれない。これからは自分《じぶん》の力《ちから》で生《い》き抜《ぬ》いて』

「やだ……やだよ、お姉《ねえ》ちゃん！」

『迷《まよ》った時《とき》は妃名乃《ひなの》自身《じしん》を信《しん》じるんだよ。大丈夫《だいじょうぶ》、きっとあんたならできるから!!』

「──っっ!」

そう言《い》ってお姉《ねえ》ちゃんは真《ま》っ白《しろ》な空間《くうかん》に溶《と》けるようにして消《き》えていった。

お姉《ねえ》ちゃんの後《あと》を追《お》いかけようと、私《わたし》は両手《りょうて》を前《まえ》に伸《の》ばすけど──

『えー、次《つぎ》は無限駅《むげんえき》~、無限駅《むげんえき》~。ギルティ線《せん》の終着駅《しゅうちゃくえき》でございます。ゲーム参加者《さんかしゃ》はそろそろ準備《じゅんび》を始《はじ》めろだチョロ~。ウキョキョキョキョキョ~~~♪』

突然《とつぜん》アナウンスが流《なが》れて、私《わたし》はびっくりして飛《と》び起《お》きた。

するとそこはいつもの私《わたし》の部屋《へや》……ではなく、なぜか電車《でんしゃ》の中《なか》だった。

「え？　……え？　ここ、なんで……」

私《わたし》はパチパチと瞬《まばた》きした後《あと》、辺《あた》りを見回《みまわ》して呆然《ぼうぜん》とした。

もしかしてこれは夢《ゆめ》の続《つづ》き？　だって私《わたし》は自分《じぶん》のベッドで寝《ね》てたはず……。

だけど何度確《なんどたし》かめても、私《わたし》のベッドはいつの間《ま》にか座席《ざせき》シートに変《か》わってる。頭上《ずじょう》では
たくさんの吊《つ》り革《かわ》が、ガチャガチャと不安定《ふあんてい》に揺《ゆ》れていた。

「おい、なんだよここ……」

「ウソ、なんであたし……」

電車《でんしゃ》に乗《の》っているのは私一人《わたしひとり》だけじゃなかった。電車《でんしゃ》のあちこちで、小中学生《しょうちゅうがくせい》くらいの

男女《だんじょ》が、私《わたし》と同《おな》じようにきょろきょろしてる。

「ワォン！」

「あ、ムサシ⁉」

電車《でんしゃ》には、犬《いぬ》のムサシまでなぜか一緒《いっしょ》に乗《の》り込《こ》んでいた。私《わたし》は勢《いきお》いよく飛《と》びついてきたムサシを両手《りょうて》で受《う》け止《と》める。

「あれ、ムサシ？　どうしたのこの首輪《くびわ》……」

ムサシにはシルバーの金属製《きんぞくせい》の首輪《くびわ》がついていた。おかしいな。ムサシは室内飼《しつないが》いだから散歩《さんぽ》の時《とき》以外《いがい》は首輪《くびわ》はつけてないはずなのに……。

しかもこの首輪《くびわ》、丸《まる》い時計《とけい》がついていて、まるで懐中時計《かいちゅうどけい》のような独特《どくとく》のデザインだ。

「これって一体《いったい》……？」

ふと気《き》づくと、首輪《くびわ》をつけているのはムサシだけじゃないとわかった。この電車《でんしゃ》に乗《の》ってる全員《ぜんいん》が同《おな》じデザインの首輪《くびわ》をつけていて、赤《あか》、青《あお》、黄色《きいろ》……と色々《いろいろ》な色《いろ》がある。

(え？　なんで？　じゃあもしかして私《わたし》も……)

いやな予感《よかん》を感《かん》じて、私《わたし》は自分《じぶん》の首元《くびもと》に恐《おそ》る恐《おそ》る手《て》を伸《の》ばす。すると思《おも》ったとおり、ひんやりとした金属《きんぞく》の感触《かんしょく》があった。

「お、おい、ここ、一体《いったい》どこだよ？　日本《にほん》じゃねーだろ⁉」

「⁉」

だけど他《ほか》のみんなは首輪《くびわ》ではなく、窓《まど》の外《そと》を見《み》て騒《さわ》いでいる。

みんなが指《ゆび》さす方向《ほうこう》を見《み》ると、そこには想像《そうぞう》を絶《ぜっ》する光景《こうけい》が広《ひろ》がっていた。

「ウ、ウソ……。何《なに》、これ……？」

真《ま》っ赤《か》な夕陽《ゆうひ》が沈《しず》む地平線《ちへいせん》──その向《む》こうには一切建物《いっさいたてもの》がなく、褐色《かっしょく》の荒野《こうや》が広《ひろ》がっていた。どこを見《み》ても岩《いわ》と砂《すな》しかない。まるで火星《かせい》にでも来《き》ちゃったんじゃないかと錯覚《さっかく》しそうなほど殺風景《さっぷうけい》な風景《ふうけい》……。

唯一《ゆいいつ》あるのは荒野《こうや》のあちらこちらを走《はし》る線路《せんろ》だ。線路《せんろ》はパズルのように複雑《ふくざつ》な合流《ごうりゅう》と分岐《ぶんき》を繰《く》り返《かえ》し、やがて荒野《こうや》の先《さき》にある建物《たてもの》に向《む》かって収束《しゅうそく》していく。

（あ、そっか。これはやっぱり夢《ゆめ》だ……。私《わたし》が見《み》ている壮大《そうだい》な夢《ゆめ》なんだ……）

まるでファンタジー映画《えいが》のような光景《こうけい》に、私《わたし》の思考回路《しこうかいろ》はすぐに停止《ていし》した。

夢《ゆめ》だと自分《じぶん》に言《い》い聞《き》かせることで、目《め》の前《まえ》の現実《げんじつ》から逃避《とうひ》しようとしたんだ。

……けれど──

『お待《ま》たせただチョロ、終点無限駅《しゅうてんむげんえき》〜、無限駅《むげんえき》〜。お出口《でぐち》は向《む》かって左側《ひだりがわ》だチョロ〜』

電車《でんしゃ》はとうとう、荒野《こうや》の先《さき》にそびえていた唯一《ゆいいつ》の建物《たてもの》・無限駅《むげんえき》に到着《とうちゃく》してしまった。

無限駅《むげんえき》の外見《がいけん》は、ヨーロッパでよく見《み》かける赤《あか》レンガ造《づく》りの駅《えき》だ。そのレンガ造《づく》りの建《たて》物《もの》がまるでお城《しろ》のような巨大《きょだい》な高《たか》さになっているのだ。

「おい、……一体《いったい》なんなんだよ、ここ……」

電車《でんしゃ》を降《お》りた後《あと》、他《ほか》の乗客《じょうきゃく》もホームをフラフラと歩《ある》きながら呆気《あっけ》に取《と》られてた。

レンガ造《づく》りの外見《がいけん》とは裏腹《うらはら》に、無限駅《むげんえき》の中《なか》はすごく近代的《きんだいてき》だった。自動改札《じどうかいさつ》やエスカレーター、人《ひと》はいないけど売店《ばいてん》などもある。そのまま改札《かいさつ》を出《で》てまっすぐに歩《ある》いていくと、巨大《きょだい》な時計台《とけいだい》があるホールらしき場所《ばしょ》に出《で》た。

パッと見《み》たところ100人《にん》……ううん、その5倍《ばい》くらいの人数《にんずう》が、ここにいるみたいだった。

「うっわー、ここってどこかのテーマパーク？」

「もしかして流行《はや》りのバーチャル・リアリティとか？」

「マジ？　なんか面白《おもしろ》そー」

みんなは物珍《ものめずら》しそうに周《まわ》りを見渡《みわた》して、ここは一体《いったい》どこなんだろうとささやき合《あ》う。

確《たし》かに目《め》の前《まえ》の時計台《とけいだい》はキラキラと輝《かがや》いているし、駅《えき》のあちこちは電飾《でんしょく》やフラワースタンド、バルーンなんかが飾《かざ》られていて、今《いま》にもお祭《まつ》りが始《はじ》まりそうな雰囲気《ふんいき》だ。

もしかして私達《わたしたち》、何《なに》かのイベントに招待《しょうたい》されたのかな？

私《わたし》を含《ふく》めたみんなは、一瞬《いっしゅん》そう思《おも》ったけど……。

「も、もう終《お》わりだ……。オレ達《たち》はもう終《お》わりなんだ……」

そうつぶやいたのは、ホールの隅《すみ》っこのほうにいたおじいさんやおばあさんだ。

「の、のんきにしていられるのも……今《いま》のうちだけ、よ……」

「ああ、あいつらもボクらと同《おな》じ目《め》に遭《あ》えば……いいんだ……」

おじいさんとおばあさん達《たち》は今来《いまき》たばかりの私達《わたしたち》をにらみながらボソボソつぶやいた。暗《くら》く淀《よど》んだ目《め》に、小《ちい》さく丸《まる》まった背《せ》。おじいさん達《たち》はまるでこの世《よ》の全《すべ》てを恨《うら》んでいるような絶望的《ぜつぼうてき》な表情《ひょうじょう》をしてた。

『パンパカパーン！　無限駅《むげんえき》へようこそ！　ボクは駅長《えきちょう》のギロンパ！　早速《さっそく》ギルティゲームをはっじめるぞぉ～～～!!』

でも私《わたし》に考《かんが》える時間《じかん》さえ与《あた》えずに、それは突然姿《とつぜんすがた》を現《あらわ》した。

ゴーンゴーンと時計台《とけいだい》が16時《じ》の鐘《かね》を鳴《な》らすと、時計盤《とけいばん》がパカリと開《ひら》いてカラクリ人形《にんぎょう》が回《まわ》り始《はじ》める。さらに中《なか》から2体《たい》の着《き》ぐるみが飛《と》び出《だ》して、空中《くうちゅう》でくるくる回転《かいてん》した。

「チョロンパ、参上《さんじょう》！」

「クルンパ、参上《さんじょう》！」

「完全無欠《かんぜんむけつ》の！」

「ギロンパ様《さま》に！」

「熱烈《ねつれつ》・忠実《ちゅうじつ》！」

「フォール・イン・ラブ!!」

――ジャーーーーン!!

大《おお》きなシンバルの音《おと》と共《とも》に着地《ちゃくち》して、奇妙《きみょう》なポーズを決《き》める正体不明《しょうたいふめい》の2体《たい》の着《き》ぐるみ。

1体《たい》は黄色《きいろ》、もう1体《たい》はピンク。ホールに集《あつ》まったみんなは、突然《とつぜん》のパフォーマンスに驚《おどろ》いてポカーンとしている。その反応《はんのう》のなさが気《き》に入《い》らなかったのか、チョロンパと名乗《なの》った黄色《きいろ》の着《き》ぐるみは、ダンダンッと悔《くや》しそうに地団太《じだんだ》を踏《ふ》んだ。

「あー、おまえら、ノリが悪《わる》いチョロ！　これでは先《さき》が思《おも》いやられるチョロ!!」

「チョ、チョロンパ。プレイヤーにはまだルールを説明《せつめい》していないクル。説明《せつめい》すればきっともっと慌《あわ》てるに決《き》まってるクル！　ギロンパ様《さま》、お願《ねが》いするでクル〜！」

『Oui《ウィ》！　了解《りょうかい》だロン！』

クルンパの呼《よ》びかけに応《こた》えて、ホールに設置《せっち》されていた大型《おおがた》スクリーンにギロンパ様《さま》と呼《よ》ばれる人物《じんぶつ》の姿《すがた》が映《うつ》った。

チョロンパとクルンパとよく似《に》たデザインの、見《み》た目《め》だけは可愛《かわい》い着《き》ぐるみ。だけどそのギロンパから告《つ》げられたのは、地獄《じごく》のゲームの始《はじ》まりだった。

『おまえらよぉく聞《き》けだロン。お前達《まえたち》はこれから先《さき》の未来《みらい》で、このギロンパ様《さま》に刃向《はむ》かう罪深《つみぶか》き反逆者《はんぎゃくしゃ》。だから子供《こども》のうちに、全員《ぜんいん》まとめて始末《しまつ》してしまうことにしたロン』

ギロンパはニヒヒッと笑《わら》うと、血《ち》のように真《ま》っ赤《か》な瞳《ひとみ》をギラリと光《ひか》らせた。

だけどその言葉《ことば》をまともに受《う》け取《と》る人《ひと》は一人《ひとり》もいない。

「なるほど、つまりこのアトラクションはそういう設定《せってい》なわけね」

「いいぞ、いいぞ。なんか面白《おもしろ》くなってきたじゃん！」

ホールに集《あつ》まった少年少女《しょうねんしょうじょ》は、ワクワクとギロンパの話《はなし》に耳《みみ》を傾《かたむ》けた。

だけど私《わたし》はいやな予感《よかん》が止《と》まらず、ムサシを無意識《むいしき》に抱《だ》きしめる。

『グフフ、みんなやる気《き》なようでうれしいロン。ではルールを説明《せつめい》するロン！』

そうしてギロンパから提示《ていじ》されたルールは以下《いか》のようなものだった。

①ここに集《あつ》められた者《もの》は全員未来《ぜんいんみらい》の反逆者《はんぎゃくしゃ》。だけどギロンパ様《さま》の温情《おんじょう》で、ゲームに勝《か》ち残《のこ》った者《もの》だけ反逆《はんぎゃく》の罪《つみ》を許《ゆる》される！

②これから始《はじ》まる各種《かくしゅ》ゲームをクリアできたプレイヤーは、無限駅《むげんえき》から発車《はっしゃ》する現実行《げんじつい》きの電車《でんしゃ》に乗《の》れる。

③ただしゲームに負《ま》けた時《とき》はペナルティが発動《はつどう》！　死《し》ぬよりも苦《くる》しい罰《ばつ》が待《ま》っている‼

特《とく》に3番目《ばんめ》のペナルティルールが発表《はっぴょう》されると、プレイヤーの間《あいだ》でざわめきが広《ひろ》がった。

「死《し》ぬより苦《くる》しい罰《ばつ》って……なんだ？」

「どうせハッタリだよ、ハッタリ。そーでなくちゃゲームは面白《おもしろ》くないし。ハハハ……」

みんなそう強《つよ》がるけど、だんだん不安《ふあん》になってきているのがわかる。

「ウキョキョキョキョ♪　ハッタリかどうかは、これから行《おこな》うデモンストレーションを見《み》ればすぐにわかるチョロ。クルンパ、スケープゴート・カモォォン！」

「りょ、了解《りょうかい》でクル～！」

次《つぎ》の瞬間《しゅんかん》、チョロンパの掛《か》け声《ごえ》と共《とも》に、ホールに大《おお》きな鉄製《てっせい》の檻《おり》が運《はこ》ばれてきた。その中《なか》には私達《わたしたち》と同《おな》じ首輪《くびわ》をつけた子供《こども》が10人《にん》くらい入《はい》っている。

「いやだぁぁ！　お願《ねが》い、助《たす》けて！　まだ死《し》にたくない。死《し》にたくないぃぃぃ!!」

「お母《かあ》さん、お母《かあ》さん、お母《かあ》さん！　助《たす》けて、お母《かあ》さぁぁぁん！」

檻《おり》に入《い》れられた少年少女《しょうねんしょうじょ》は、まるでこの世《よ》の終《お》わりのように激《はげ》しく泣《な》き叫《さけ》んでいた。

それはとても演技《えんぎ》とは思《おも》えない迫真《はくしん》ぶりで、ホール中《じゅう》がシーンと静《しず》まり返《かえ》る。

「説明《せつめい》するチョロ。こいつらはおまえらとは別《べつ》の日《ひ》にゲームに参加《さんか》した奴《やつ》らチョロ。だけどチョロンパ考案《こうあん》の超高速縄跳《ちょうこうそくなわと》びに失敗《しっぱい》して失格《しっかく》したのだチョロ」

チョロンパがスイッチらしきものを取《と》り出《だ》すと、どこからかドラムロールが流《なが》れる。

「ということで、ペナルティとしてウラシマッチ発動《はつどう》だチョロ！　うーん、そうだな、とりあえず60年分《ねんぶん》のウラシマッチ発動《はつどう》だチョロ〜〜〜!!」

「いやぁぁ――っっ!」

「ぎゃあぁぁ――――っっ!」

チョロンパがポチッとスイッチを入《い》れると、ジャーンと大《おお》きなシンバルの音《おと》が鳴《な》った。

――と同時《どうじ》に、檻《おり》の中《なか》にいる子達《こたち》の首輪《くびわ》が明《あか》るく光《ひか》った後《あと》、首輪《くびわ》から白《しろ》い煙《けむり》がもうもうと立《た》ち上《のぼ》り始《はじ》める。さらに下《した》についている時計《とけい》の針《はり》もぐるぐると回《まわ》り、急速《きゅうそく》に時《とき》を刻《きざ》んでいく。

「あ……あ……あああ……っ!」

「い、いやぁぁ……!」

そして檻《おり》に入《い》れられた10人《にん》は……。まるで玉手箱《たまてばこ》を開《あ》けた浦島太郎《うらしまたろう》のように、あっという間《ま》におじいさん・おばあさんになってしまった!

「う、うわぁぁ――っ!?」

「な、なんだよ、これぇぇ!?」

チョロンパが行《おこな》ったデモンストレーションは、効果《こうか》てきめんだった。それまで何《なに》かのアトラクションだと思《おも》ってた少年少女達《しょうねんしょうじょたち》は悲鳴《ひめい》を上《あ》げて、一斉《いっせい》に檻《おり》から遠《とお》ざかる。

「これぞギロンパ様《さま》の新発明品《しんはつめいひん》・ウラシマッチ! 超強力《ちょうきょうりょく》な成長促進《せいちょうそくしん》ホルモン剤《ざい》だチョ

ロ！　ウラシマッチの量《りょう》によっては大人《おとな》になったり、一気《いっき》に老人《ろうじん》になったり。時《とき》には一発《いっぱつ》で寿命《じゅみょう》が尽《つ》きてしまうこともあるチョロ。そうそう、首輪《くびわ》を無理《むり》やり外《はず》そうとしたらウラシマッチ100年分《ねんぶん》が強制発動《きょうせいはつどう》してしまうから、その点《てん》は注意《ちゅうい》しろチョロ～♪」

「そ、そんな……」

ウラシマッチの恐《おそ》ろしさを見《み》せつけられた私達《わたしたち》は、今度《こんど》こそ完全《かんぜん》に動《うご》けなくなった。

これは何《なに》かの冗談《じょうだん》だろ？　とか。よくできた手品《てじな》じゃないの？　とか、目《め》の前《まえ》で起《お》きた出来事《できごと》を誰《だれ》かに否定《ひてい》してもらいたくて、お互《たが》いに顔《かお》を見合《みあ》わせる。

「だから言《い》ったろ。オレ達《たち》はもう終《お》わりだ……」

その時《とき》、ホールの隅《すみ》でうずくまってたおじいさんが、暗《くら》い瞳《ひとみ》でブツブツとつぶやいた。

もしかしたら……。ううん、もしかしなくてもこのおじいさん達《たち》も、もとは私達《わたしたち》と同《おな》じくらいの年齢《ねんれい》⁉　ウラシマッチのせいで一気《いっき》に年《とし》をとってしまったの⁉

もしそうなら、確《たし》かにこれは死《し》ぬよりも辛《つら》い……。あまりにも残酷《ざんこく》なペナルティだ！

『グフフフ。やっぱり人《ひと》が絶望《ぜつぼう》する姿《すがた》を見《み》るのは楽《たの》しいロンなー♪　ではこれからファーストゲームを始《はじ》めるロン！　うーん、まずは**【借《か》り物競走《ものきょうそう》】**なんてどうだロン？』

「す、素晴《すば》らしい！　素晴《すば》らしいアイデアだチョロ、ギロンパ様《さま》！」

「ではギルティゲーム・借《か》り物競走《ものきょうそう》プログラムをインプットするクル～！」

私達《わたしたち》はまだショックから抜《ぬ》けきれていないのに、ギロンパ達《たち》はあまりにも簡単《かんたん》にゲームを始《はじ》めてしまう。クルンパがタブレットらしきものを操作《そうさ》すると、カバンに入《い》れていた私《わたし》のスマホの着信音《ちゃくしんおん》が鳴《な》った。

慌《あわ》てて画面《がめん》を見《み》ると、消《け》したはずのアプリ『無限駅《むげんえき》への招待状《しょうたいじょう》』が勝手《かって》に起《た》ち上《あ》がっていて、ギロンパマークと一緒《いっしょ》に借《か》り物競走《ものきょうそう》のルールが表示《ひょうじ》される。

【ファーストゲーム　借《か》り物競走《ものきょうそう》】

①制限時間《せいげんじかん》は2時間《じかん》。指定《してい》のアイテムを見《み》つけて7番《ばん》ホーム改札《かいさつ》を通過《つうか》せよ。

②時間内《じかんない》にアイテムを持《も》って改札《かいさつ》を通過《つうか》できた者《もの》は、現実行《げんじつい》きの列車《れっしゃ》に乗《の》れる。

☆プレイヤー番号《ばんごう》6577番《ばん》　加納妃名乃《かのうひなの》　指定《してい》アイテム『聖《せい》アイリス女学園《じょがくえん》の生徒手帳《せいとてちょう》』

☆プレイヤー番号《ばんごう》6578番《ばん》　ムサシ　指定《してい》アイテム『化粧品《けしょうひん》ヘルメス11番《ばん》の口紅《くちべに》』

どうやらムサシもプレイヤーの頭数《あたまかず》に入《はい》ってるみたいだ。

他《ほか》のプレイヤーのスマホにも同《おな》じ通知《つうち》が現《あらわ》れたみたいで、ホールは大騒《おおさわ》ぎになる。

「おい、誰《だれ》かアレクサンドライトとかいう宝石《ほうせき》、持《も》ってねぇか？」

「何《なに》よ、顕微鏡《けんびきょう》って！　そんなもの、ここにあるわけないじゃない！」

「AED《エーイーディー》？　おい、この駅《えき》、救護室《きゅうごしつ》とかどこかにあるよな⁉」

この時点《じてん》で、笑《わら》ってる人《ひと》なんてもう誰《だれ》もいなかった。それどころかみんなすごい形相《ぎょうそう》で走《はし》り出《だ》して、指定《してい》アイテムを探《さが》しに行《い》く。

誰《だれ》だってあんなふうにおじいさん・おばあさんになりたくない。

もちろんそれ以上《いじょう》に死《し》にたくない。

生《い》き延《の》びるためには、なんとしてでもこのギルティゲームを勝《か》ち抜《ぬ》くしかないんだ！

「と、とりあえず生徒手帳《せいとてちょう》はあるから、ヘルメスの口紅《くちべに》を探《さが》しに行《い》かなきゃ……」

「ワォーン……」

プレイヤーの中《なか》で私《わたし》は幸運《こううん》なほうだ。指定《してい》の『聖《せい》アイリス女学園《じょがくえん》の生徒手帳《せいとてちょう》』は元々私《もともとわたし》の持《も》ち物《もの》。あとは口紅《くちべに》さえ見《み》つければ、借《か》り物競走《ものきょうそう》をクリアできるはず。

「おい、おまえ、その制服《せいふく》、聖《せい》アイリス女学園《じょがくえん》だよな？」

「え……」

ムサシのアイテムを探《さが》しに行《い》こうとした時《とき》、後《うし》ろから別《べつ》の参加者《さんかしゃ》に話《はな》しかけられた。私《わたし》を囲《かこ》むように男子《だんし》が二人《ふたり》、女子《じょし》が一人《ひとり》。ものすごい目《め》でこっちをにらんでる。

「おまえあの学校《がっこう》の生徒《せいと》なら生徒手帳《せいとてちょう》も持《も》ってるよな。こっちによこせよ」

「待《ま》って、あたしの指定《してい》アイテムも聖《せい》アイリス女学園《じょがくえん》の生徒手帳《せいとてちょう》なの。お願《ねが》いだからあたしに譲《ゆず》って！　おばあさんなんかになりたくない気持《きも》ち、わかるでしょ？」

そう言《い》って男《おとこ》の子《こ》と女《おんな》の子達《こたち》は私《わたし》ににじり寄《よ》ってきた。

まさか……借《か》り物競走《ものきょうそう》の指定《してい》アイテムは、他《ほか》のプレイヤーとかぶってるの？

どうしよう。生徒手帳《せいとてちょう》は一冊《いっさつ》きりだし、これがなかったら私《わたし》だって困《こま》るよ！

「いいから生徒手帳《せいとてちょう》を渡《わた》せ！　カバンの中《なか》か!?」

「きゃっ！　やめて……お願《ねが》いだから乱暴《らんぼう》はやめて！」

「グルル……ワンッワンッ！　ガウゥウッ!!」

とうとう3人《にん》は力《ちから》ずくで手帳《てちょう》を奪《うば》おうと、私《わたし》に襲《おそ》いかかってきた。ムサシが牙《きば》をむいてかばってくれるけど、命《いのち》がかかってるだけあってみんなも引《ひ》いてくれない。

「ム、ムサシ、逃《に》げよう！」

「ワン！」

「あ、待《ま》て！」

ほんの少《すこ》しの隙《すき》をついて私《わたし》は3人《にん》から逃《に》げ出《だ》した。だけど元々《もともと》チビで運動音痴《うんどうおんち》の私《わたし》が逃《に》げても、あっという間《ま》に3人《にん》に追《お》いつかれてしまう。

「いいから大人《おとな》しく手帳《てちょう》を渡《わた》せ！」

「だめ！　それはあたしの物《もの》なんだから！」

「うぜぇ！　おまえらこそ邪魔《じゃま》なんだよ!!」

3人《にん》は後《うし》ろから手加減《てかげん》なしで私《わたし》にとびかかってきて、カバンを強引《ごういん》に奪《うば》った。そのせいで私《わたし》は前《まえ》のめりに転《ころ》んで、床《ゆか》に体《からだ》を打《う》ちつけてしまう。

「うっ、うぅ……」

「ワンワン！　ワンワン！」

ムサシが私《わたし》を心配《しんぱい》して吠《ほ》えてくれるけど、私《わたし》の体《からだ》は恐怖《きょうふ》と痛《いた》みのせいで動《うご》けなかった。

その間《あいだ》も3人《にん》は大《おお》きな声《こえ》で怒鳴《どな》りながら、カバンの奪《うば》い合《あ》いに夢中《むちゅう》になっている。

早《はや》くカバンを取《と》り返《かえ》さなきゃ、なんとかしなきゃ――そう思《おも》っているのに、私《わたし》は床《ゆか》にうずくまったまま泣《な》きじゃくることしかできない。

まさかプレイヤー同士《どうし》でアイテムの奪《うば》い合《あ》いをさせるなんて思《おも》わなかった。

ギロンパ達《たち》はなんて意地悪《いじわる》な性格《せいかく》なんだろう。

(お姉《ねえ》ちゃん、助《たす》けて……。怖《こわ》い、怖《こわ》い、こんなところ怖《こわ》いよぉ……！)

私《わたし》が泣《な》きながらお姉《ねえ》ちゃんに救《すく》いを求《もと》めた、その瞬間《しゅんかん》――


――ドカッ!!

「──う、うおっ！」

「きゃあぁ──っ！」

カバンを奪《うば》い合《あ》っていた3人《にん》の身体《からだ》が、勢《いきお》いよく宙《ちゅう》を舞《ま》った。

驚《おどろ》いて視線《しせん》を上《あ》げると……。いつの間《ま》にか竹刀《しない》を持《も》った背《せ》の高《たか》い男《おとこ》の子《こ》が私《わたし》の前《まえ》に立《た》っていて──

「こんな小《ちい》さな女《おんな》の子《こ》相手《あいて》に、寄《よ》ってたかって恥《は》ずかしくないのかよ……」

「！」

私《わたし》を守《まも》るように現《あらわ》れた男《おとこ》の子《こ》の手《て》には、私《わたし》のカバンが握《にぎ》られていた。どうやら彼《かれ》が竹刀《しない》で3人《にん》を突《つ》き飛《と》ばして、カバンを取《と》り返《かえ》してくれたらしい。

「く、くそ、なんだよ、邪魔《じゃま》すんな、おまえ！」

「そういうわけにはいかない。オレもこの子《こ》に用《よう》があるんだ」

「ひ、一人《ひとり》だけ武器《ぶき》とか持《も》って卑怯《ひきょう》じゃない！」

「卑怯《ひきょう》……か。別《べつ》に素手《すで》でもおまえら相手《あいて》なら負《ま》ける気《き》はしないけどな」

「……うっ！」

男《おとこ》の子《こ》が低《ひく》い声《こえ》ですごむと、手帳《てちょう》を奪《うば》おうとした3人《にん》は悔《くや》しそうに後《あと》ずさった。

多分彼《かれ》らも一目《ひとめ》見《み》た雰囲気《ふんいき》で悟《さと》ったんだ。

この男《おとこ》の子《こ》は強《つよ》い。多分《たぶん》ものすごく――強《つよ》い。

まるで野生《やせい》の狼《おおかみ》みたいな、圧倒的《あっとうてき》なオーラが男《おとこ》の子《こ》の全身《ぜんしん》から感《かん》じられる。

「くそっ」

正面《しょうめん》からやりあっても勝《か》てないと思《おも》ったのか、3人《にん》は舌打《したう》ちしながら逃《に》げていった。

はぁ、よかった……。なんとか助《たす》かったみたい……。

そう安心《あんしん》したのも束《つか》の間《ま》、男《おとこ》の子《こ》が私《わたし》の片手《かたて》を取《と》って勢《いきお》いよく立《た》ち上《あ》がらせる。

「移動《いどう》する。ここにいるとまた狙《ねら》われる」

「え？」

「多分《たぶん》、あいつら武器《ぶき》を探《さが》しに行《い》った。ここにいたら今度《こんど》こそやられるぞ」

「！」

その言葉《ことば》に、私《わたし》の足《あし》は再《ふたた》びすくんでしまった。だけどここで立《た》ち止《ど》まっていられない。

私《わたし》は男《おとこ》の子《こ》に手《て》を引《ひ》かれるまま、慌《あわ》ててその場《ば》を離《はな》れた。

「あ、あの、危《あぶ》ないところを助《たす》けて下《くだ》さってありがとう……ございました。私《わたし》は、か、加《か》納妃名乃《のうひなの》と申《もう》し……ます。えっと、この子《こ》はペットのムサシ……」

「そうか。オレは日向剣人《ひゅうがけんと》。慶明寺高校《けいめいじこうこう》の1年生《ねんせい》だ」

私達《わたしたち》はさっきのプレイヤーに見《み》つからないよう、近《ちか》くの階段下《かいだんした》のスペースに移動《いどう》した。

私《わたし》を助《たす》けてくれた男《おとこ》の子《こ》——日向剣人《ひゅうがけんと》さんは本当《ほんとう》に背《せ》が高《たか》い人《ひと》で、見《み》た感《かん》じ私《わたし》と身長差《しんちょうさ》が30センチ近《ちか》くある。すっきりとした細《ほそ》い輪郭《りんかく》にキレイな鼻筋《はなすじ》、アーモンド形《がた》の切《き》れ長《なが》の瞳《ひとみ》……と、どのパーツをとっても完璧《かんぺき》で、女子《じょし》にモテそうな正統派《せいとうは》なイケメンさんだ。

「あの日向《ひゅうが》さん、わ、私《わたし》……」

「剣人《けんと》でいい。クラスメイトや剣道部《けんどうぶ》のみんなにはそう呼《よ》ばれてる」

「け、剣人《けんと》さん、ですか……」

そっか、剣道部《けんどうぶ》だから竹刀《しない》を持《も》ち歩《ある》いてたんだ。

「それと早速《さっそく》だがこれ、見《み》てくれ」

剣人《けんと》さんは自分《じぶん》のスマホを私《わたし》の前《まえ》に差《さ》し出《だ》した。

画面《がめん》に映《うつ》るのは、指定《してい》アイテム『犬《いぬ》（生体《せいたい》）』の文字《もじ》。

「あ……」

「つまりオレはあんたじゃなくムサシに用《よう》がある。必《かなら》ず返《かえ》すから貸《か》してくれないか」

そう言《い》われて私《わたし》は納得《なっとく》した。剣人《けんと》さんは別《べつ》におせっかいを焼《や》いたわけじゃなく、ムサシの飼《か》い主《ぬし》だから私《わたし》を助《たす》けてくれたんだ。

「もちろん会《あ》ったばかりのオレをすぐには信用《しんよう》できないと思《おも》う。でも約束《やくそく》する。オレはウソをつかないし、弱《よわ》いものを襲《おそ》ったりもしない」

「あ、違《ちが》うんです。私《わたし》、別《べつ》に信用《しんよう》しない……とか、そういうわけじゃ……なくて……」

剣人《けんと》さんは私《わたし》が返事《へんじ》しないのを警戒《けいかい》しているせいだと勘違《かんちが》いしたみたい。でもそうじゃなくて、私《わたし》は男《おとこ》の子《こ》と話《はな》したことなんてないから、おどおどしちゃってるだけだ。それでなくても剣人《けんと》さんはカッコいいし……。

「あの、実《じつ》はムサシもゲームのプレイヤーに入《はい》ってるみたいで……」

「なんだって？」

私《わたし》はつっかえつっかえ、自分《じぶん》の指定《してい》アイテムが聖《せい》アイリス女学園《じょがくえん》の生徒手帳《せいとてちょう》であること、ムサシのアイテムさえ見《み》つければ借《か》り物競走《ものきょうそう》をクリアできることを話《はな》した。すると剣人《けんと》さんはあっさり「じゃあそのアイテム探《さが》しに協力《きょうりょく》する」と言《い》ってくれる。

「え？　いい……んですか？」

「ああ、こうなったらしばらく一緒《いっしょ》に行動《こうどう》したほうがよさそうだ。おまえ、見《み》た感《かん》じ弱《よわ》そうだし」

「す、すいません……」

私《わたし》がショボンとすると、剣人《けんと》さんは少《すこ》し気《き》まずそうな顔《かお》をして、ポリポリと頭《あたま》を掻《か》いた。

「悪《わる》い。オレ、見《み》たとおり口《くち》が悪《わる》いんだ。妹《いもうと》にも無《む》神経《しんけい》だってよく言《い》われてた」

「妹《いもうと》……さん？」

「ああ、おまえ、オレの妹《いもうと》に少《すこ》し似《に》てるよ」

「……」

「とにかく一緒《いっしょ》にいる間《あいだ》は絶対《ぜったい》守《まも》ってやるから安心《あんしん》しろ。ムサシもよろしくな」

「ワォン！」

剣人《けんと》さんはムサシの頭《あたま》をひとなでした後《あと》、アイテムを探《さが》しに行《い》こうと立《た》ち上《あ》がった。

私《わたし》も言《い》われるまま剣人《けんと》さんについていき、ムサシがその後《あと》に続《つづ》く。

(なんだろ、剣人《けんと》さん、妹《いもうと》さんの話《はなし》をした時《とき》、どこか寂《さび》しそうだった……)

私《わたし》は剣人《けんと》さんが見《み》せた一瞬《いっしゅん》の表情《ひょうじょう》が気《き》になったけど、もちろんそんなこと聞《き》けない。

だって私達《わたしたち》はさっき出会《であ》ったばかり、ただ利害《りがい》が一致《いっち》しただけの、即席《そくせき》の仲間《なかま》なんだから……。


それから私達《わたしたち》は、歩《ある》きながら『無限駅《むげんえき》への招待状《しょうたいじょう》』アプリを開《ひら》いて、駅《えき》のMAP《マップ》を調《しら》べた。剣人《けんと》さんが、まずは私《わたし》の服《ふく》を着替《きが》えたほうがいいと言《い》うからだ。聖《せい》アイリスの生徒《せいと》手帳《てちょう》を狙《ねら》ってるプレイヤーは多分《たぶん》他《ほか》にもいる。制服《せいふく》を着《き》たままだと、ターゲットはここですと自分《じぶん》で宣伝《せんでん》しているようなものだから。

マップを見《み》ると、無限駅《むげんえき》の2階《かい》はレストラン街《がい》。3階《がい》はショッピングモールエリアになっているみたいだ。私達《わたしたち》は他《ほか》のプレイヤーを気《き》にしながら、3階《がい》へと移動《いどう》する。

「それにしてもこの駅《えき》どんだけ広《ひろ》いんだよ。結構歩《けっこうある》いてきたよな」

「はい、多分《たぶん》もう20分《ぷん》くらい……」

いざ歩《ある》いてみると、無限駅《むげんえき》は予想以上《よそういじょう》に広《ひろ》くて大《おお》きかった。スマホで外部《がいぶ》に連絡《れんらく》が取《と》れないか、もちろん試《ため》したけど、電話《でんわ》は圏外《けんがい》でネットも使《つか》えない。

通路《つうろ》の窓《まど》から外《そと》を見《み》れば、真《ま》っ赤《か》な夕陽《ゆうひ》が地平線《ちへいせん》の向《む》こうに沈《しず》むところだった。

無限駅《むげんえき》は吹《ふ》き抜《ぬ》けになっている時計台《とけいだい》ホールを中心《ちゅうしん》にして、発車《はっしゃ》ホームが時計《とけい》の文字盤《もじばん》みたいに放射線状《ほうしゃせんじょう》に広《ひろ》がっている構造《こうぞう》だ。1階《かい》には1番《ばん》ホームから12番《ばん》ホーム、さらに同《おな》じように2階《かい》には13番《ばん》ホームから24番《ばん》ホーム、3階《がい》は25番《ばん》ホームから36番《ばん》ホーム……と、ものすごい数《かず》の電車《でんしゃ》が往来《おうらい》している。

こんな技術《ぎじゅつ》、現代《げんだい》の日本《にほん》じゃ不可能《ふかのう》。ギロンパ達《たち》が未来《みらい》からやってきたというのも、ウソじゃないのかもしれない。

さらに10分《ぷん》ほど歩《ある》いてようやく、私達《わたしたち》はショッピングモールエリアに到着《とうちゃく》した。

「おい、洋服屋《ようふくや》があったぞ。あそこなら服《ふく》があるんじゃないか」

パッと見《み》たところ、近《ちか》くに店員《てんいん》やお客《きゃく》さんらしき姿《すがた》は見《み》えない。私《わたし》は「じゃあ急《いそ》いで着《き》替《が》えてきますね」と駆《か》け足《あし》でお店《みせ》の中《なか》に入《はい》り、服《ふく》を探《さが》し回《まわ》る。でも私《わたし》の背《せ》は145センチと低《ひく》いので、なかなかぴったりのサイズが見当《みあ》たらなかった。

「あ、このワンピース可愛《かわい》いかも」

そうしてたくさんの服《ふく》の中《なか》から、SS《エスエス》サイズの服《ふく》をようやく見《み》つけだした。だけどその瞬間《しゅんかん》、後《うし》ろの試着室《しちゃくしつ》のカーテンがシャッと勢《いきお》いよく開《ひら》いて――

「ちょっと、そのデザインあたしが先《さき》に目《め》をつけてたんだけど！」

「!?」

とワンピースを奪《うば》われてしまった。

ビックリして振《ふ》り向《む》くと、背後《はいご》に小悪魔系《こあくまけい》の美少女《びしょうじょ》が立《た》っている。試着室《しちゃくしつ》の中《なか》は、美少《びしょう》女《じょ》が持《も》ち込《こ》んだらしい洋服《ようふく》が山積《やまづ》みになっていた。

「何《なに》よ、その目《め》。あんたみたいな凡人《ぼんじん》より、この蓮花様《れんかさま》に着《き》てもらったほうが服《ふく》だって幸《しあわ》せよ！」

「あ、あの……私《わたし》は、別《べつ》に……」

「ふふん、わかったわ。あなた、あたしに見《み》とれてるんでしょ？　当然《とうぜん》よね。超絶《ちょうぜつ》カリスマ読《どく》モの蓮花様《れんかさま》に会《あ》えて感激《かんげき》しない女子中高生《じょしちゅうこうせい》なんていないもの」

蓮花《れんか》と名乗《なの》った美少女《びしょうじょ》は腰《こし》に手《て》を当《あ》ててキャーハッハッと高笑《たかわら》いした。対《たい》する私《わたし》はとっさに何《なに》も言《い》い返《かえ》せなくてポカンとしてしまう。

なんだかこの女《おんな》の子《こ》、お姉《ねえ》ちゃんによく似《に》てる。高飛車《たかびしゃ》で自信家《じしんか》で自分《じぶん》が一番《いちばん》って思ってるところとか……。うーん、本当《ほんとう》にそっくりだ。

「あのすいません、ドクモってなんですか？」

「は？　まさかあなたあたしを知《し》らないの？　読《どく》モっていったらファッション雑誌《ざっし》の読者《どくしゃ》モデルに決《き》まってるじゃない。信《しん》じらんない！」

「おい、どうした？」

私《わたし》と蓮花《れんか》さんが揉《も》めていることに気《き》づいて、剣人《けんと》さんも店内《てんない》に入《はい》ってきた。

「あたしはこの店《みせ》でいい服《ふく》がないか探《さが》してただけ。店員《てんいん》もいないみたいだし、無料《むりょう》で好《す》きなだけ好《す》きな服《ふく》をＧＥＴ《ゲット》し放題《ほうだい》じゃない。何《なに》よ、文句《もんく》ある？」

蓮花《れんか》さんは両腕《りょううで》を組《く》んで、ギロリと私《わたし》と剣人《けんと》さんをにらみつけた。確《たし》かに読者《どくしゃ》モデルだけあって蓮花《れんか》さんはスタイル抜群《ばつぐん》で、着《き》ている服《ふく》も露出《ろしゅつ》が多《おお》いセクシー系《けい》だ。

だけど命《いのち》がかかったこの状況《じょうきょう》で、おしゃれを楽《たの》しむなんて……。

でも剣人《けんと》さんは蓮花《れんか》さんがモデルだと知《し》って、何《なに》か閃《ひらめ》いたようだ。

「おまえモデルなら、もしかしてヘルメスの11番《ばん》の口紅《くちべに》を持《も》ってないか？」

「持《も》ってるわよ。それがどうかした？」

そう言《い》って蓮花《れんか》さんがバッグの中《なか》から取《と》り出《だ》したのは……ヘルメスの11番《ばん》の口紅《くちべに》。

「お、お願《ねが》いします。それ譲《ゆず》って下《くだ》さい！　ムサシの指定《してい》アイテムがその口紅《くちべに》なんです！」

「はぁ？　いやよ、この春《はる》の新色《しんしょく》はモデルのツテを使《つか》ってやっと手《て》に入《い》れた希少品《きしょうひん》なの。弱《よわ》い奴《やつ》は勝手《かって》に死《し》ねばいいのよ！　弱肉強食《じゃくにくきょうしょく》は芸能界《げいのうかい》の鉄則《てっそく》だもの‼」

「そ、そんな……っ。そこをなんとかお願《ねが》いします！」

私《わたし》は何度《なんど》も何度《なんど》も頭《あたま》を下《さ》げたけど、蓮花《れんか》さんは「弱肉強食《じゃくにくきょうしょく》！　弱肉強食《じゃくにくきょうしょく》！」というだけで首《くび》を縦《たて》に振《ふ》ってくれなかった。私《わたし》の隣《となり》に立《た》つ剣人《けんと》さんも、自分本位《じぶんほんい》な蓮花《れんか》さんの態度《たいど》にイライラしているみたいだ。

「何《なに》もただで協力《きょうりょく》しろって言《い》ってんじゃない。こっちにおまえの探《さが》してるアイテムがあるなら交換《こうかん》してでも……」

「ざーんねんでした、あたしはもう見《み》つけてあるの！」

そう言《い》って蓮花《れんか》さんはふふんと得意《とくい》げにバッグから招《まね》き猫《ねこ》を取《と》り出《だ》した。

そっか、もう指定《してい》アイテムを見《み》つけてたから、蓮花《れんか》さんは余裕《よゆう》の態度《たいど》だったんだ。

「このとおり『雌《めす》の招《まね》き猫《ねこ》』はＧＥＴ《ゲット》済《ず》み。あとは制限時間内《せいげんじかんない》に7番《ばん》ホームに行《い》くだけよ」

「雌《めす》の招《まね》き猫《ねこ》？」

私《わたし》は蓮《れん》花《か》さんの招《まね》き猫《ねこ》を見《み》ていてあることに気《き》づいた。

「あの……多《た》分《ぶん》それ雌《めす》の招《まね》き猫《ねこ》じゃ……ないです。だって右《みぎ》手《て》が上《あ》がってます」

「……、なんですって？」

「ご、ごめんなさいっ。でも右《みぎ》手《て》が上《あ》がってる招《まね》き猫《ねこ》は雄《おす》なんです。だから多《た》分《ぶん》その招《まね》き猫《ねこ》は、プレイヤーを騙《だま》すひっかけアイテム……かも……」

「ひっかけ？　つまりフェイクってこと⁉」

蓮《れん》花《か》さんは大《おお》きく目《め》を見《み》開《ひら》いて、もう一《いち》度《ど》招《まね》き猫《ねこ》の手《て》を確《かく》認《にん》した。そして悔《くや》しそうに、招《まね》き猫《ねこ》を床《ゆか》に投《な》げつける。

「危《あぶ》なかった。もう少《すこ》しでギロンパに騙《だま》されるところだった！」

「おまえ、よく知《し》ってたな。招《まね》き猫《ねこ》の手《て》の違《ちが》いなんて……」

蓮《れん》花《か》さんだけでなく、剣《けん》人《と》さんも私《わたし》のことを感《かん》心《しん》したように見《み》つめた。

滅《めっ》多《た》に人《ひと》に褒《ほ》められたことのない私《わたし》は、なんだか恥《は》ずかしくなってうつむいてしまう。

「た、ただの雑《ざつ》学《がく》です。私《わたし》、本《ほん》を読《よ》むのが好《す》き、だから……」

「そうか。でもその雑《ざつ》学《がく》のおかげでギロンパの罠《わな》に気《き》づけたな」

剣《けん》人《と》さんはニッと笑《わら》うと、怒《いか》りに震《ふる》える蓮《れん》花《か》さんにもう一《いち》度《ど》話《はな》しかける。

「で、この後《あと》どうする？　駅《えき》の中《なか》は他人《たにん》のアイテムを奪《うば》おうとする他《ほか》のプレイヤーでいっぱいだけど、一人《ひとり》で招《まね》き猫《ねこ》を探《さが》せるのか？」

「～～～ッ！」

あからさまな剣人《けんと》さんの挑発《ちょうはつ》に、蓮花《れんか》さんは悔《くや》しそうに歯《は》ぎしりした。

だけどさすがはモデル。ふぅと一呼吸《ひとこきゅう》置《お》いた後《あと》、腰《こし》に手《て》を当《あ》ててポージングすると、

「そうね、あなたとても強《つよ》そうだし。あたしを守《まも》らせてあげてもいいわよ？」

――と、とても優雅《ゆうが》に笑《わら》ってみせた。


こうして私達《わたしたち》は蓮花《れんか》さんの指定《してい》アイテムである雌《めす》の招《まね》き猫《ねこ》を探《さが》すことになった。もちろん協力《きょうりょく》する見返《みかえ》りとして、招《まね》き猫《ねこ》を見《み》つけられたら口紅《くちべに》を譲《ゆず》ってもらうことになっている。

ちなみに洋服屋《ようふくや》では、制服《せいふく》の上《うえ》から着《き》られる大《おお》きめのコートを見《み》つけたので、それをお借《か》りした。

「あ、あの、招《まね》き猫《ねこ》の手《て》って高《たか》く上《あ》がってれば上《あ》がっているほど、遠《とお》くから人《ひと》を招《まね》くといわれてるんです。だから旅館《りょかん》やホテルなんかに置《お》いてあるんじゃないかと……」

「なるほど。つまり旅行《りょこう》がらみの店《みせ》を探《さが》せばいいってことか」

「それならこの6階《かい》の端《はし》にあるジャスティスツーリストってところに行《い》ってみましょ！

ほら急《いそ》いで！　あ、あそこにあるエレベーターに乗《の》るわよ!!」

アプリに表示《ひょうじ》されるマップを確認《かくにん》しながら私達《わたしたち》は先《さき》を急《いそ》ぐ。

制限時間《せいげんじかん》は残《のこ》り1時間《じかん》を切《き》った。７番《ばん》ホームへ向《む》かう時間《じかん》を計算《けいさん》に入《い》れたら、アイテムを探《さが》す時間《じかん》はあと30分《ぷん》くらいが限界《げんかい》だ。

「……」

「剣人《けんと》さん？」

「ほら、早《はや》く乗《の》りなさいよ！　ドア閉《し》めちゃうわよ!!」

けれどエレベーターに乗《の》る直前《ちょくぜん》、剣人《けんと》さんは今来《いまき》た方向《ほうこう》を振《ふ》り返《かえ》って立《た》ち止《ど》まった。

剣人《けんと》さんだけじゃなく、なぜかムサシまで毛《け》を逆立《さかだ》ててグルルと唸《うな》ってる。

「悪《わる》い、ここでちょっと待《ま》ってて」

「え？」

剣人《けんと》さんは素早《すばや》くきびすを返《かえ》し、20メートルほど先《さき》の角《かど》を右《みぎ》に曲《ま》がった。

一体《いったい》どうしたんだろう？　と様子《ようす》をうかがっていると——

「痛《い》たたたたっ！　あかんあかん、そんなに強《つよ》く引《ひ》っ張《ぱ》られたら服《ふく》が伸《の》びてまうで！」

と突然男《とつぜんおとこ》の子《こ》の悲鳴《ひめい》が聞《き》こえた。剣人《けんと》さんについていったムサシも、誰《だれ》かに向《む》かってワンワン吠《ほ》えてる。

「ショッピングモール辺《あた》りからずっとオレ達《たち》の後《あと》をつけてただろ。一体何《いったいなに》が目的《もくてき》だ？」

低《ひく》い声《こえ》ですごみながら、剣人《けんと》さんは一人《ひとり》の男《おとこ》の子《こ》を引《ひ》っ張《ぱ》ってきた。

え？　私達尾行《わたしたちびこう》されてたの？　全然気《ぜんぜんき》がつかなかったよ……。

私《わたし》は改《あらた》めて剣人《けんと》さんのすごさと、ムサシの嗅覚《きゅうかく》に感心《かんしん》する。

「ちょっと一体《いったい》なんなのよ！　こっちは時間《じかん》ないんだけど！」

しびれを切《き》らした蓮花《れんか》さんがいったんエレベータを降《お》りて、私達《わたしたち》のほうにやってきた。

「答《こた》えならこの男《おとこ》に聞《き》け」

「オレは敵《てき》やあらへんて。こんなキレイな女子相手《じょしあいて》に、暴力《ぼうりょく》なんて振《ふ》るうかいな」

「あら、わかってるじゃない」

男《おとこ》の子《こ》の調子《ちょうし》いい言葉《ことば》に、蓮花《れんか》さんはすぐ機嫌《きげん》を直《なお》した。

赤《あか》く染《そ》めた髪《かみ》に、ストリート系《けい》の服《ふく》。両耳《りょうみみ》にピアス。年《とし》は多分剣人《たぶんけんと》さんと同《おな》じくらい。

剣人《けんと》さんとは対極《たいきょく》なルックスの男《おとこ》の子《こ》は、私《わたし》と目《め》が合《あ》うなりヘラッと笑《わら》う。

「初《はじ》めまして、オレ戸坂勝真《とさかしょうま》。気軽《きがる》にショーちゃんって呼《よ》んでな♪」

「は、はぁ……」

なんだか緊張感《きんちょうかん》のない戸坂《とさか》くんの言葉《ことば》に、私《わたし》も調子《ちょうし》が狂《くる》ってしまう。逆《ぎゃく》に剣人《けんと》さんは眉《まゆ》
尻《じり》をつり上《あ》げて、戸坂《とさか》くんの耳《みみ》たぶをギュッとつねった。

123

「だからなんでオレ達《たち》の後《あと》をつけていたかと聞《き》いてる」

「痛《いた》いっ、痛《いた》いて！　あんたがそんなんだから後《あと》をつけるしかなかったんや！」

戸坂《とさか》くんは涙目《なみだめ》になりながら事情《じじょう》を説明《せつめい》し始《はじ》める。

「オレの借《か》り物競走《ものきょうそう》の指定《してい》アイテム、あんたが持《も》っとる『竹刀《しない》』なんや。でも貸《か》してくれゆうても、素直《すなお》に貸《か》してくれへんやろ？」

「それはまあ……そうだな」

剣人《けんと》さんは他《ほか》のプレイヤーより強《つよ》そうだけど、大人数《おおにんずう》で攻撃《こうげき》されたら当然不利《とうぜんふり》になる。私《わたし》や蓮花《れんか》さんの身《み》を守《まも》るために、しばらく護身用《ごしんよう》の竹刀《しない》は手放《てばな》せないと思《おも》う。

「そうやろそうやろ？　だからあんたらが7番《ばん》ホーム前《まえ》に到着《とうちゃく》したタイミングで交渉《こうしょう》しようと思《おも》って、後《あと》をつけてたんや」

「……」

「でもここで見《み》つかったのも何《なに》かの縁《えん》。せっかくだからここからはあんたらと一緒《いっしょ》に行《い》かせてもらうわ！　うん、我《われ》ながらナイスアイデア！」

「はぁ？　あんた何勝手《なにかって》に決《き》めてんのよ!?」

すかさず蓮花《れんか》さんがツッコむけれど、戸坂《とさか》くんは口笛《くちぶえ》を吹《ふ》きながらエレベーターに乗《の》り込《こ》んでしまった。困《こま》ったことに行《い》き先《さき》がバレているので、力《ちから》ずくで追《お》い払《はら》うこともできない。

「あいつ、あからさまに怪《あや》しいな」

剣人《けんと》さんは眉間《みけん》に皺《しわ》を寄《よ》せたまま、戸坂《とさか》くんを最大限《さいだいげん》に警戒《けいかい》してた。まだ出会《であ》ったばかりだけど、剣人《けんと》さんと戸坂《とさか》くんには『犬猿《けんえん》の仲《なか》』という言葉《ことば》がよく似合《にあ》う。

「……油断《ゆだん》するなよ」

「は、はい……」

そうして私達《わたしたち》も上階《じょうかい》に向《む》かうエレベーターに乗《の》り込《こ》んだ。目的地《もくてきち》に向《む》かう間《あいだ》、戸坂《とさか》くんは私《わたし》や蓮花《れんか》さんに向《む》かってひたすら「可愛《かわい》い」「キレイやな」と褒《ほ》め言葉《ことば》を連発《れんぱつ》してた。

見《み》た目《め》どおり軽《かる》い人《ひと》なんだなぁ……って私《わたし》も内心呆《ないしんあき》れていて。

そして剣人《けんと》さんのいやな予感《よかん》は——その後見事《ごみごと》に的中《てきちゅう》してしまったのだ。


「あ、あそこにあったわよ、招《まね》き猫《ねこ》！　ビンゴビンゴ！」

目的《もくてき》のジャスティスツーリストに、蓮花《れんか》さんの指定《してい》アイテム『雌《めす》の招《まね》き猫《ねこ》』はあった。

でも奥《おく》の神棚《かみだな》に飾《かざ》られているため、足場《あしば》を作《つく》らないと高《たか》さが届《とど》かない。

「よし、机《つくえ》と椅子《いす》を神棚《かみだな》の下《した》まで運《はこ》ぼう」

「は、はい」

「力仕事《ちからしごと》なんていやよ。あなた達《たち》がやってよ。口紅《くちべに》欲《ほ》しいんでしょ」

「おい、おまえ……」

「はいはい、ケンカしてる場合《ばあい》やあらへんで～」

剣人《けんと》さんと蓮花《れんか》さんが一触即発《いっしょくそくはつ》になりそうな中《なか》、間《あいだ》に戸坂《とさか》くんが割《わ》って入《はい》った。

時間《じかん》がないのは確《たし》かなので、私達《わたしたち》は蓮花《れんか》さんなしで机《つくえ》や椅子《いす》を運《はこ》び始《はじ》める。

「この机重《つくえおも》いなー。ヒナちゃん、荷物《にもつ》は邪魔《じゃま》やから、そこらへんに置《お》いたほうがええで」

「あ、はい」

戸坂《とさか》くんに言《い》われるまま、私《わたし》は近《ちか》くのテーブルの上《うえ》にカバンを置《お》いた。元々力《もともとちから》がないから、椅子一《いすひと》つ運《はこ》ぶのにも結構時間《けっこうじかん》がかかってしまう。

「やったわ！　雌《めす》の招《まね》き猫《ねこ》GET《ゲット》～♪」

それから10分後《ぷんご》。私達《わたしたち》はようやく左手《ひだりて》の上《あ》がってる招《まね》き猫《ねこ》をゲットできた。

これで私《わたし》の生徒手帳《せいとてちょう》、剣人《けんと》さんの犬《いぬ》、ムサシの口紅《くちべに》、戸坂《とさか》くんの竹刀《しない》……と全部《ぜんぶ》のアイテムがそろったから、ゴールの7番《ばん》ホームに向《む》かうことができる。

「……あれ？」

だけどお店《みせ》を出《で》ようとした時《とき》、私《わたし》は自分《じぶん》のカバンがなくなっていることに気《き》づいた。

おかしいな、確《たし》かに神棚近《かみだなちか》くのテーブルの上《うえ》に置《お》いたはずなのに。

「おい、いつの間《ま》にか戸坂《とさか》がいなくなってるぞ……」

「えっ⁉」

さらに剣人《けんと》さんが険《けわ》しい顔《かお》つきで、お店《みせ》の外《そと》に走《はし》り出《で》る。

私《わたし》はとっさに事態《じたい》が飲《の》み込《こ》めなくて、その場《ば》でオロオロするばかりだった。

「ちくしょう、やられた。戸坂《とさか》の奴《やつ》、おまえのカバンを盗《ぬす》んでいった。あいつの狙《ねら》いはオレの竹刀《しない》じゃなくておまえの生徒手帳《せいとてちょう》だったんだ！」

「ええっ⁉」

どうしよう、あれだけ剣人《けんと》さんに油断《ゆだん》するなって言《い》われてたのに。

戸坂《とさか》くんが狙《ねら》っていたのは、本当《ほんとう》に私《わたし》の生徒手帳《せいとてちょう》……だったの？　だとしたら彼《かれ》の調子《ちょうし》のいい言葉《ことば》にまんまと騙《だま》された私《わたし》はマヌケすぎる。

「バッカじゃない。簡単《かんたん》に人《ひと》を信用《しんよう》するからそうなるのよ。だから言《い》ったでしょ、世《よ》の中《なか》は弱肉強食《じゃくにくきょうしょく》だって！」

「れ、蓮花《れんか》さん……」

「あたしも行《い》く！　あんた達《たち》に付《つ》き合《あ》ってたらゴールできなくなるわ！」

「あ、待《ま》って！　ムサシの口紅《くちべに》を置《お》いていって！」

戸坂《とさか》くんに続《つづ》き、蓮花《れんか》さんも口紅《くちべに》を渡《わた》してくれないまま、お店《みせ》から飛《と》び出《だ》した。

戸坂《とさか》くんと蓮花《れんか》さんに立《た》て続《つづ》けに見捨《みす》てられてしまい、私《わたし》の顔《かお》は真《ま》っ青《さお》になる。

「おい、ボーッとしてるな！　奴《やつ》らを追《お》いかけるぞ、7番《ばん》ホームだ!!」

「は、はいっ!!」

そんな私《わたし》に活《かつ》を入《い》れてくれたのは剣人《けんと》さんだ。足《あし》をもつれさせながら、私《わたし》は必死《ひっし》で7番《ばん》ホームに向《む》かって走《はし》り出《だ》す。

「ワォオン、ワンワンワン！」

「あ、ムサシ！」

とりわけ足《あし》の速《はや》いムサシは私《わたし》と剣人《けんと》さんを追《お》い越《こ》して、蓮花《れんか》さん達《たち》の後《あと》を追《お》った。

どうか……どうかお願《ねが》い。なんとか戸坂《とさか》くんから生徒手帳《せいとてちょう》を取《と》り戻《もど》し、蓮花《れんか》さんからは口紅《くちべに》を譲《ゆず》ってもらえますように！

私達《わたしたち》がやっと7番《ばん》ホームに着《つ》いた頃《ころ》には、たくさんのプレイヤーが改札前《かいさつまえ》に集《あつ》まって大《たい》変《へん》なことになっていた。

「おい、そのアイテムこっちに渡《わた》せ！　渡《わた》せってんだよ!!」

「ゲームに勝《か》ち抜《ぬ》くのは私《わたし》よ！　そこ、どきなさいよっ！」

「やめてぇえっ！　いやっ！　痛《いた》いから殴《なぐ》るのはやめてぇえ!!」

それはまるで地獄絵図《じごくえず》。プレイヤー達《たち》は限《かぎ》りあるアイテムを力《ちから》ずくで奪《うば》い合《あ》っていた。

それを煽《あお》っているのはチョロンパ。たくさんの武器《ぶき》をみんなに配《くば》ってる。

「さぁ、武器《ぶき》はここに用意《ようい》してあるチョロ。木刀《ぼくとう》、バット、クロスボウにエアガン。みんな好《す》きな武器《ぶき》を使《つか》えばいいチョロ～♪」

「チョ、チョロンパ！　勝手《かって》にゲームのルールを変《か》えちゃだめだクル！　後《あと》でギロンパ様《さま》からお叱《しか》りを受《う》けるでクル～！」

「ええい、うるさいクルンパ！　ゲームなんて面白《おもしろ》ければそれでいいチョロ！」

クルンパは必死《ひっし》にチョロンパを止《と》めているようだけど、チョロンパの暴走《ぼうそう》は止《と》まらない。

しかたなくクルンパは剣道《けんどう》の防具《ぼうぐ》やヘルメットなど、身《み》を守《まも》る道具《どうぐ》を配《くば》ってた。

「サイッテーだな……」

「……」

暴力《ぼうりょく》で他人《たにん》を蹴落《けお》とそうとするプレイヤーを見《み》ながら、私《わたし》も剣人《けんと》さんも激《はげ》しい嫌悪感《けんおかん》を感《かん》じた。極限《きょくげん》まで追《お》い詰《つ》められると、人間《にんげん》はここまで醜《みにく》くなれるんだ……。

私《わたし》は再《ふたた》び恐怖《きょうふ》で身《み》がすくんで泣《な》きたくなる。けれどそこに犬《いぬ》の唸《うな》り声《ごえ》が聞《き》こえてきた。

「ガウッ！　ガルルルルッ!!」

「ムサシ!?」

「うわわわっ、勘弁《かんべん》してーな、ムサシ！　あとちょっとで改札《かいさつ》を通過《つうか》できるんやて」

「いたぞ、あそこだ！」

たくさんのプレイヤーの中《なか》に、私《わたし》のカバンを抱《かか》える戸坂《とさか》くんの姿《すがた》があった。

ありがとう、ムサシ！　大勢《おおぜい》の中《なか》から戸坂《とさか》くんを見《み》つけて、足止《あしど》めしてくれたんだね。

「と、戸坂《とさか》くん、私《わたし》の生徒手帳《せいとてちょう》、返《かえ》して！」

「あちゃー、追《お》いつかれてもうた。あんたら結構粘《けっこうねば》るなぁ」

「ふざけるなっ!!」

相変《あいか》わらずおちゃらけてる戸坂《とさか》くんに向《む》かって、剣人《けんと》さんが竹刀《しない》の先《さき》を突《つ》きつける。だけど戸坂《とさか》くんは剣人《けんと》さんの殺気《さっき》を前《まえ》にしても、なぜか余裕《よゆう》の態度《たいど》だ。

「生徒手帳《せいとてちょう》を返《かえ》せ」

「んー？　返《かえ》したいのは山々《やまやま》やけど、これがないとオレも改札通《かいさつとお》れへんしなー」

戸坂《とさか》くんはニッと笑《わら》うと、突然私《とつぜんわたし》を指《ゆび》さして叫《さけ》んだ。

「あー、こんな所《ところ》に聖《せい》アイリス女学園《じょがくえん》の生徒《せいと》がおるでぇ〜〜〜!!」

「な……っ!?」

その声《こえ》に反応《はんのう》して、10人《にん》くらいのプレイヤーが私《わたし》の周《まわ》りに集《あつ》まってきた。

ウソ……この人達《ひとたち》、全員生徒手帳《ぜんいんせいとてちょう》を狙《ねら》ってるプレイヤーなの？

さらに最悪《さいあく》なことに、みんなチョロンパが配《くば》った武器《ぶき》で武装《ぶそう》してる。

「ち、違《ちが》う、違《ちが》うんです。生徒手帳《せいとてちょう》は、と、戸坂《とさか》くんが……っ」

「ほな、さいなら〜♪」

生徒手帳《せいとてちょう》は戸坂《とさか》くんが持《も》ってるの……と言《い》いたいのに、こんな時《とき》にも私《わたし》の舌《した》はうまく回《まわ》らない。しかも戸坂《とさか》くんは私《わたし》を囮《おとり》にして、さっさとその場《ば》から逃《に》げ出《だ》してしまった。

「……下《さ》がってろ」

「け、剣人《けんと》さん……」

「いいから下《さ》がってろ！」

剣人《けんと》さんは私《わたし》を庇《かば》うようにみんなの前《まえ》に立《た》ちはだかって、竹刀《しない》を正眼《せいがん》に構《かま》えた。

私《わたし》から生徒手帳《せいとてちょう》を奪《うば》う気満々《きまんまん》の10人《にん》は、ギラギラした目《め》で一斉《いっせい》にとびかかってくる。

「今《いま》だ、やっちまえ！」

「！」

次《つぎ》の瞬間《しゅんかん》、鋭《するど》い剣撃《けんげき》が走《はし》ったかと思《おも》うと、いくつかの武器《ぶき》が地面《じめん》に叩《たた》き落《お》とされた。

すごい速《はや》さ。そしてすごい打《う》ち込《こ》みの正確《せいかく》さ！

剣人《けんと》さんの竹刀《しない》は的確《てきかく》にプレイヤー達《たち》の小手《こて》を突《つ》いていたのだ。

「こんな大勢相手《おおぜいあいて》じゃ手《て》かげんはできない。骨折《こっせつ》してもいい覚悟《かくご》でかかってこい!!」

剣人《けんと》さんの気迫《きはく》に圧《お》されたのか、プレイヤー達《たち》の動《うご》きが鈍《にぶ》る。でもそれもほんの少《すこ》しの間《あいだ》だけ。10人《にん》はちらりと目配《めくば》せすると、また剣人《けんと》さんめがけて突進《とっしん》してきた。

「いい度胸《どきょう》じゃねぇか、こうなったら全員《ぜんいん》で袋叩《ふくろだた》きだ！」

「くっ！」

こうして剣人《けんと》さんVS生徒手帳《せいとてちょう》を狙《ねら》う10人《にん》の戦《たたか》いが始《はじ》まった。いくら剣人《けんと》さんが強《つよ》いといってもやっぱり多勢《たぜい》に無勢《ぶぜい》で、四方《しほう》からの攻撃《こうげき》を避《よ》けるのが精《せい》いっぱいみたいだ。

「妃名乃《ひなの》、オレが足止《あしど》めしているうちに逃《に》げろ！」

「！」

そんな絶体絶命《ぜったいぜつめい》の状況《じょうきょう》にもかかわらず、剣人《けんと》さんは私《わたし》を気遣《きづか》い逃《に》がそうとしてくれている。歯《は》を食《く》いしばりながら戦《たたか》う剣人《けんと》さんの姿《すがた》に、私《わたし》の目《め》は釘《くぎ》づけになる。

「け、剣人《けんと》さん……」

「ひ、妃名乃《ひなの》、早《はや》く……、くそっ！」

「ガウ……ッ、ワゥンワンワンッ!!」

ムサシも剣人《けんと》さんに加勢《かせい》しているけど、やっぱり10人相手《にんあいて》じゃ防戦一方《ぼうせんいっぽう》だ。

どうしよう、私《わたし》が足手《あしで》まといになってるせいで……。

私《わたし》のせいで、このままじゃ剣人《けんと》さんとムサシが大《おお》ケガしてしまう！

「オラ、生徒手帳《せいとてちょう》よこせぇぇ！」

そしてとうとうプレイヤーの手《て》が私《わたし》に伸《の》びた。髪《かみ》を突然後《とつぜんうし》ろからつかまれ、そのまま力《ちから》まかせに引《ひ》きずられる。

「い、いやぁぁっ！」

「妃名乃《ひなの》！」


——バキッ!!


だけど私《わたし》を襲《おそ》ったプレイヤーは、次《つぎ》の瞬間大《しゅんかんおお》きく後退《こうたい》した。地面《じめん》に倒《たお》れこそしなかったものの、体勢《たいせい》を崩《くず》して大《おお》きくよろめいてる。

（——え？　い、いま一体何《いったいなに》が起《お》こったの？）

私《わたし》はおそるおそる後《うし》ろを振《ふ》り向《む》いた。

するとそこには華奢《きゃしゃ》な女《おんな》の子《こ》が、正拳《せいけん》を突《つ》き出《だ》して立《た》っている。

ゆるふわのポニーテールに、スポーティなショートパンツ姿《すがた》の女《おんな》の子《こ》は、蓮花《れんか》さんとはまた別《べつ》のタイプのアイドル系《けい》の美少女《びしょうじょ》だ。

「助《すけ》っ人《と》します……」

「え？」

「あなたは早《はや》く逃《に》げて下《くだ》さい」

謎《なぞ》の女《おんな》の子《こ》は静《しず》かな声《こえ》でつぶやくと、剣《けん》人《と》さんを襲《おそ》っていたプレイヤーに向《む》かって走《はし》り出《だ》し、そして――強烈《きょうれつ》な蹴《け》りを入《い》れた。

「ぐはっ！」

「な、なんだ、こいつ、つええっ！」

女《おんな》の子《こ》は武器《ぶき》一《ひと》つ持《も》たないのに、ジャンプキックの連発《れんぱつ》でプレイヤー達《たち》をあっという間《ま》に5メートルほど後退《こうたい》させた。バットで殴《なぐ》りかかられても華麗《かれい》なバック転《てん》でかわして、逆《ぎゃく》にプレイヤーの足元《あしもと》に下段回《げだんまわ》し蹴《げ》りを仕掛《しか》ける。

すごい……。剣《けん》人《と》さんが野生《やせい》の狼《おおかみ》なら、この女《おんな》の子《こ》はまるで……豹《ひょう》。

俊敏《しゅんびん》な動《うご》きで敵《てき》を翻弄《ほんろう》する美《うつく》しいケモノだ。

「妃《ひ》名《な》乃《の》、戸坂《とさか》を追《お》え！」

謎《なぞ》の女《おんな》の子《こ》の登場《とうじょう》で少《すこ》し余裕《よゆう》ができた剣《けん》人《と》さんは、竹刀《しない》を構《かま》え直《なお》しながら私《わたし》に向《む》かって叫《さけ》んだ。

「は、はい、わかりました！」

その声《こえ》を合図《あいず》に、私《わたし》は反射的《はんしゃてき》に走《はし》り出《だ》す。

剣人《けんと》さんと謎《なぞ》の女《おんな》の子《こ》が足止《あしど》めしてくれているうちに、早《はや》く、早《はや》く、早《はや》く――！

恐怖《きょうふ》のせいで心臓《しんぞう》は今《いま》にも爆発《ばくはつ》しそうなほどバクバクして、呼吸《こきゅう》も苦《くる》しかった。

けれど剣人《けんと》さん達《たち》の戦《たたか》う姿《すがた》に勇気《ゆうき》をもらった私《わたし》は頑張《がんば》れるような気《き》がした。

◇◆◇◇◆◇

「ちょっと戸坂《とさか》、あんた何《なに》グズグズしてんのよ。早《はや》くあたしを助《たす》けなさいよぉぉ！」

「なんでやねん！　そんな義理《ぎり》、オレにはないやん！」

「！」

自動改札機《じどうかいさつき》まであともう少《すこ》しのところまでやってくると、蓮花《れんか》さんと戸坂《とさか》くんが他《ほか》のプレイヤーに囲《かこ》まれてた。どうやら蓮花《れんか》さんと戸坂《とさか》くんは偶然《ぐうぜん》ここでかちあったみたいだ。

蓮花《れんか》さんは戸坂《とさか》くんにしがみつき、戸坂《とさか》くんは蓮花《れんか》さんを引《ひ》きはがそうともがいてる。

二人《ふたり》からアイテムを奪《うば》おうと、プレイヤーの一人《ひとり》が蓮花《れんか》さんめがけて大《おお》きく木刀《ぼくとう》を振《ふ》りかぶる。

「危《あぶ》ない、蓮花《れんか》さん！」

私《わたし》は床《ゆか》に落《お》ちていた野球《やきゅう》のキャッチャー用防具《ようぼうぐ》をとっさに盾《たて》にして、蓮花《れんか》さんとプレイヤーの間《あいだ》に走《はし》り込《こ》んだ。

「きゃあぁぁ――っ！」

ガキンッという音《おと》と共《とも》に、私《わたし》が持《も》ってた防具《ぼうぐ》が空中《くうちゅう》に弾《はじ》け飛《と》んだ。

だけど蓮花《れんか》さんを殴《なぐ》ろうとしていた一撃《いちげき》はなんとか防御《ぼうぎょ》できたみたいだ。

「い、いった〜」

「あ、あんた……！」

「おお、ヒナちゃんナイスブロックや！　ヒナちゃんはやっぱオレの天使《てんし》や〜!!」

私《わたし》の突然《とつぜん》の登場《とうじょう》に蓮花《れんか》さんは目《め》を見開《みひら》き、戸坂《とさか》くんはまた調子《ちょうし》のいいことを言《い》ってる。

――とにかく今《いま》すぐ生徒手帳《せいとてちょう》を返《かえ》して！

戸坂《とさか》くんに向《む》かって、私《わたし》はそう口《くち》を開《ひら》きかけるけど――


「はーい、残念《ざんねん》ながらここでタイムアーーップ！　借《か》り物競走《ものきょうそう》は終了《しゅうりょう》だチョロ！　おまえらアイテムの奪《うば》い合《あ》いに夢中《むちゅう》になりすぎて、結局誰《けっきょくだれ》もクリアできなかったチョロ〜」


プルルルーと駅中《えきじゅう》に発車《はっしゃ》ベルが鳴《な》り響《ひび》いて、借《か》り物競走《ものきょうそう》は時間切《じかんぎ》れになってしまった！

プレイヤーは全員《ぜんいん》ぴたりと動《うご》きを止《と》める。

「ウ、ウソ……だろ」

「くそっ、あともう少《すこ》しだったのに……！」

みんな呆然《ぼうぜん》としながら、持《も》っていた武器《ぶき》を次々《つぎつぎ》と地面《じめん》に落《お》とした。私《わたし》も床《ゆか》に座《すわ》り込《こ》んで、脱力《だつりょく》してしまう。

「お、終《お》わった？　これで借《か》り物競走《ものきょうそう》は……終《お》わり……」

「ふざけんじゃないわよ、間《ま》に合《あ》わなかったのはあんたのせいだからね、戸坂《とさか》！」

「何《なに》ゆうてんねん。それはこっちのセリフや！」

借《か》り物競走《ものきょうそう》が終《お》わるとすぐに、駅《えき》のあちこちで不平不満《ふへいふまん》や暴言《ぼうげん》が飛《と》び交《か》い始《はじ》める。みんなゲームをクリアできなかった苛立《いらだ》ちを、他人《たにん》にぶつけたくてしかたないみたいだ。

「ほい、おまえら、注目《ちゅうもく》だチョロ！　ゲームをクリアできなかったプレイヤーにはペナルティが待《ま》っているチョロ～♪」

だけどチョロンパの楽《たの》しそうな笑《わら》い声《ごえ》を聞《き》いて、みんなの表情《ひょうじょう》が再《ふたた》び凍《こお》りついた。

そうだ、ペナルティ……。借《か》り物競走《ものきょうそう》をクリアできなかった私達《わたしたち》には、ウラシマッチによるお仕置《しお》きが待《ま》っている！

「さぁて、じゃあペナルティダーツ・カモォォン!!」

チョロンパの合図《あいず》と共《とも》に、クルンパが巨大《きょだい》な回転《かいてん》ダーツを一人《ひとり》でうんしょうんしょと運《はこ》んできた。ダーツはなぜか2台《だい》ある。

「ではウラシマッチを発動《はつどう》するチョロ。だけどここにいる全員《ぜんいん》をいっぺんに死《し》なせるわけにもいかないしぃ、回転《かいてん》ダーツに選《えら》ばれた者《もの》だけが犠牲《ぎせい》になるチョロ〜♪　ちなみに今回《こんかい》は誕生月《たんじょうづき》で抽選《ちゅうせん》するチョロ〜」

「え……っ!?」

「これも全《すべ》てはギロンパ様《さま》のお優《やさ》しい心《こころ》があればこそ。おまえら感謝《かんしゃ》するチョロ」

チョロンパはニヒヒと笑《わら》いながら、まず1台目《だいめ》のダーツを回《まわ》し始《はじ》めた。

まさか……ダーツで私達《わたしたち》の運命《うんめい》を決《き》めようとしているの？

「さぁ、じゃあまずは1投目《とうめ》〜♪　おりゃっ！」

チョロンパはプレイヤーを置《お》いてけぼりにしたまま、1本目《ぽんめ》のダーツを投《な》げてしまった。

矢《や》は勢《いきお》いよくボードに刺《さ》さり、ダーツはカラカラと音《おと》を立《た》ててゆっくり止《と》まる。

「お、今回《こんかい》のウラシマッチの犠牲者《ぎせいしゃ》は、3月生《がつう》まれのプレイヤーに決《き》まったチョロ☆　ハッピバースデイ・トゥー・ユー！」

「えっ!?」

私《わたし》の誕生日《たんじょうび》は3月《がつ》25日《にち》。ダーツの条件《じょうけん》に当《あ》てはまっている……。ということは——

「やばっ、ヒナちゃんあんたの首輪《くびわ》、光《ひか》ってるで!?」

戸坂《とさか》くんの言《い》うとおり、私《わたし》の首輪《くびわ》はぽわっと光《ひか》ってウラシマッチの発動準備《はつどうじゅんび》を始《はじ》めた。

それを見《み》て蓮花《れんか》さんが私《わたし》のそばから急《いそ》いで離《はな》れる。

「やだ、この子《こ》の近《ちか》くにいたら、あたし達《たち》まで巻《ま》き込《こ》まれるわよ！」

「ワウワウッ！」

「妃名乃《ひなの》！」

その時《とき》、ムサシと剣人《けんと》さん、謎《なぞ》の女《おんな》の子《こ》が私達《わたしたち》のほうに近《ちか》づいてきた。でも私《わたし》の首輪《くびわ》が光《ひか》っているのを見《み》て、みんな絶句《ぜっく》してしまう。

「ワンワン！　ワウーン……」

「ひ、妃名乃《ひなの》……」

「……っ！」

私《わたし》は歯《は》をガチガチと鳴《な》らしながら、立《た》ち尽《つ》くすことしかできなかった。

私《わたし》、ウラシマッチのせいで死《し》んじゃうの？　それともおばあさんになっちゃうの？

他《ほか》の3月生《がつう》まれのプレイヤーも同《おな》じ恐怖《きょうふ》を感《かん》じているのか、あちこちから悲鳴《ひめい》やすすり泣《な》きの声《こえ》が響《ひび》く。

「いや……いやだぁ、ボクはまだ死《し》にたくない……」

「助《たす》けて……。お願《ねが》いだから助《たす》けて下《くだ》さい！」

地面《じめん》に土下座《どげざ》しているプレイヤーもいたけれど、チョロンパは意地悪《いじわる》な笑《え》みを浮《う》かべるだけだった。そして2本目《ほんめ》のダーツの矢《や》をクルンパに渡《わた》す。

「さぁ、クルンパ。哀《あわ》れなプレイヤー達《たち》におまえがとどめをさしてやるんだチョロ！」

「えええっ、クルンパ、責任重大《せきにんじゅうだい》だクル〜！」

運命《うんめい》の矢《や》を持《も》たされたクルンパは、オロオロしながらもダーツの前《まえ》に立《た》った。

2台目《だいめ》のダーツボートはウラシマッチの注入量《ちゅうにゅうりょう》を示《しめ》しているようで、1年《ねん》から99年《ねん》まで細《こま》かいエリアに分《わ》かれてる。もちろん99年《ねん》のエリアが一番面積《いちばんめんせき》が広《ひろ》く、1年《ねん》のエリアなんて幅《はば》は1センチもない。

「それではクルンパ行《い》くでクル〜！　回転《かいてん》ダーツスタート☆」

「いやぁぁぁ――――っ!!」

とうとう恐怖《きょうふ》に耐《た》えきれなくなった私《わたし》は、手《て》で両耳《りょうみみ》を塞《ふさ》いで泣《な》き叫《さけ》んだ。

お姉《ねえ》ちゃん、お姉《ねえ》ちゃん、お姉《ねえ》ちゃん！

こんな時《とき》、やっぱり頭《あたま》に真《ま》っ先《さき》に浮《う》かぶのは、大好《だいす》きなお姉《ねえ》ちゃんの笑顔《えがお》。

「とおりゃあああ〜〜〜でクル〜〜〜〜！」

――カツン！

どうかはずれて！……という祈《いの》りもむなしく、クルンパの投《な》げた矢《や》はダーツボードに突《つ》き刺《さ》さったみたいだ。私《わたし》の首輪《くびわ》がカッと明《あか》るく光《ひか》って、白《しろ》い煙《けむり》が勢《いきお》いよく吹《ふ》き出《だ》す。

「きゃ、きゃあぁぁ――っ！」

――今度《こんど》こそもうだめだ！

私《わたし》は生《う》まれて初《はじ》めて死《し》を覚悟《かくご》した。ウラシマッチで一気《いっき》におばあさんになってしまうくらいなら、いっそこのまま死《し》んでしまったほうが楽《らく》かもしれない。

そんな絶望的《ぜつぼうてき》な気持《きも》ちで迎《むか》える時《とき》は、永遠《えいえん》と思《おも》えるほどに長《なが》く感《かん》じて――

「ゴルァ、クルンパ！　よりにもよって最悪《さいあく》なところに矢《や》を当《あ》てるとは！　この役立《やくた》たずがぁぁぁ!!」

「ご、ごめんなさいでクル、チョロンパ！　う、うきゃあぁ〜〜〜!!」

だけど突然私《とつぜんわたし》の前《まえ》に、チョロンパにドカッと蹴《け》られたクルンパが倒《たお》れ込《こ》んできた。

え？　え？　一体何《いったいなに》がどうなったの？

思《おも》わず目《め》を開《あ》けて、パチパチと瞬《まばた》きを繰《く》り返《かえ》す私《わたし》。すると剣人《けんと》さんが慌《あわ》てて駆《か》け寄《よ》ってきて、私《わたし》の顔《かお》をまじまじと確認《かくにん》した。それから大《おお》きな手《て》でポンポンと私《わたし》の頭《あたま》をなでる。

「大丈夫《だいじょうぶ》だ、妃名乃《ひなの》。お前《まえ》は死《し》んでもいなければ、年《とし》もとっていない」

「え？」

「あれを見《み》てみろ」

剣人《けんと》さんが指《ゆび》さすほうには、２つ目《め》の回転《かいてん》ダーツの刺《さ》さった先《さき》。クルンパの投《な》げた矢《や》は【1年《ねん》】のエリアよりもさらに狭《せま》い……幅《はば》5ミリしかない【1日《にち》】のエリアに突《つ》き刺《さ》さっている！

（え……ウソ……すごい……あんな所《ところ》に刺《さ》さるなんて奇跡《きせき》みたい!!）

私《わたし》は予想外《よそうがい》の結果《けっか》に驚《おどろ》いて、自分《じぶん》の顔《かお》をペタペタと触《さわ》った。

……うん、大丈夫《だいじょうぶ》、私《わたし》の顔《かお》、しわしわになってない！

「よかったな。妃名乃《ひなの》は運《うん》がいい」

「け、剣人《けんと》さん……」

「怖《こわ》かっただろ。だけどよく耐《た》えた」

「………！」

頭《あたま》をなでてくれる剣人《けんと》さんの手《て》があまりにも優《やさ》しいから、私《わたし》の涙腺《るいせん》はまた壊《こわ》れてしまった。すぐそばにいるムサシに抱《だ》きついて、大声《おおごえ》でワンワンと泣《な》いてしまう。

一方《いっぽう》チョロンパはこの結果《けっか》が気《き》に入《い》らないらしく、とんでもないことを言《い》い始《はじ》めた。

「う～、クルンパのせいで全《まった》く面白《おもしろ》くない展開《てんかい》になったチョロ。こうなったらもう一度《いちど》２本目《ほんめ》のダーツをやり直《なお》すだチョロ……」

プレイヤーが再《ふたた》び恐怖《きょうふ》に陥《おちい》りそうになった瞬間《しゅんかん》、チョロンパめがけて、風《かぜ》のように突進《とっしん》する一《ひと》つの——影《かげ》。

——バキッ！


「ムッ、何《なに》するチョロ！」

「——相変《あいか》わらずあなた達《たち》は人《ひと》の命《いのち》をなんとも思《おも》ってないみたいですね」

一瞬《いっしゅん》の隙《すき》をついて、チョロンパに鋭《するど》い蹴《け》りを入《い》れたのは——あの謎《なぞ》の少女《しょうじょ》だ。少女《しょうじょ》の蹴《け》りはチョロンパにヒットしてて、着《き》ぐるみの胴体《どうたい》に深《ふか》くめり込《こ》んでる。

「お、おまえはもしかして……！」

「……」

今《いま》までふざけた表情《ひょうじょう》しか見《み》せていなかったチョロンパだけど、少女《しょうじょ》の顔《かお》を確認《かくにん》すると、なぜか低《ひく》い声《こえ》でうなり、険《けわ》しい顔《かお》をした。でもそれも一瞬《いっしゅん》のことで、すぐにまた余裕《よゆう》の態《たい》度《ど》で笑《わら》いだす。

「これはこれは永富潮《ながとみうしお》ちゃんじゃあ〜りませんか。ギロンパ様《さま》から君《きみ》の話《はなし》はうかがってい

るチョロ～♪」

「――」

――永富潮《ながとみうしお》。それがチョロンパが口《くち》にした少女《しょうじょ》の名前《なまえ》だった。

この時《とき》の私《わたし》は、潮《うしお》さんとギロンパの間《あいだ》にただならぬ因縁《いんねん》があるなんて、思《おも》いもしなかった。

Second Game 赤《あか》ずきんちゃんを探《さが》せ!

借《か》り物競走《ものきょうそう》が終《お》わった後《あと》、電車《でんしゃ》の電光掲示板《でんこうけいじばん》に「次《つぎ》のゲーム開始《かいし》は1時間後《じかんご》」というメッセージが表示《ひょうじ》された。チョロンパとクルンパはいつの間《ま》にか姿《すがた》が見《み》えなくなっている。だけど改札前《かいさつまえ》から移動《いどう》しようとするプレイヤーはいなかった。今回《こんかい》のウラシマッチはクルンパが大失敗《だいしっぱい》(?)してくれたおかげで奇跡的《きせきてき》に犠牲者《ぎせいしゃ》が出《で》なくて済《す》んだけど、この先《さき》はこんなふうにうまくはいかないだろう。

ううん、それどころか無限駅《むげんえき》から脱出《だっしゅつ》しない限《かぎ》り、死《し》の恐怖《きょうふ》は延々《えんえん》続《つづ》くんだ!

みんなが絶望《ぜつぼう》して一歩《いっぽ》も動《うご》けないのも、無理《むり》はなかった。

力《ちから》なくうつむく私達《わたしたち》に、永富潮《ながとみうしお》さんが声《こえ》をかけてくる。

「あの…ケントさん、ていいましたよね、あなた。さっきのバトルでケガしてるはずです。手当《てあ》てしたほうがいいと思《おも》います」

「え? け、剣人《けんと》さん、ケガって?」

ケガという言葉《ことば》に反応《はんのう》して、私《わたし》の心臓《しんぞう》がドクンと脈打《みゃくう》つ。

「大丈夫《だいじょうぶ》だ、大《たい》したことない……」

「いいえ、大《たい》したことあると思《おも》いますよ。潮《うしお》の目《め》はごまかせません」

潮《うしお》さんは強引《ごういん》に剣人《けんと》さんの右手《みぎて》を握《にぎ》ると、袖《そで》を大《おお》きくまくった。するとそこにはできたばかりの大《おお》きな青《あお》あざがあって……。

「わ、私《わたし》ハンカチをお水《みず》で冷《ひ》やしてきます！　あのすいませんが潮《うしお》…さん、でしたか。剣《けん》人《と》さんをよろしくお願《ねが》いします！」

「妃名乃《ひなの》、オレは本当《ほんとう》に大丈夫《だいじょうぶ》……」

「わかりました、了解《りょうかい》です」

「ワンッ！」

剣人《けんと》さんは私《わたし》を制止《せいし》しようとしたけど、その呼《よ》びかけを無視《むし》して、急《いそ》いで近《ちか》くのトイレに駆《か》け込《こ》んだ。幸《さいわ》い水道《すいどう》は通《とお》っているようで、蛇口《じゃぐち》からは勢《いきお》いよく水《みず》が流《なが》れる。

(どうしよう、やっぱり剣人《けんと》さんケガしてたんだ。私《わたし》のせいで……。私《わたし》を守《まも》るために！)

私《わたし》のために戦《たたか》ってくれた剣人《けんと》さんの姿《すがた》を思《おも》い出《だ》したら、自然《しぜん》と目頭《めがしら》が熱《あつ》くなった。

「本当《ほんとう》にごめんなさい、ごめんなさい、ごめんなさい……」

「もういい、妃名乃《ひなの》。おまえが悪《わる》いわけじゃない」

剣人《けんと》さんの腕《うで》のあざに冷《つめ》たいハンカチを当《あ》てて、私《わたし》は何度《なんど》も何度《なんど》も謝《あやま》った。潮《うしお》さんが救《きゅう》急《きゅう》セットを持《も》っていたので、患部《かんぶ》に軽《かる》く包帯《ほうたい》を巻《ま》く。

「それとあの……潮《うしお》さんもさっきは危《あぶ》ないところを助《たす》けて下《くだ》さってありがとうございました」

「ワン！」

ムサシと一緒《いっしょ》に頭《あたま》を下《さ》げると、潮《うしお》さんの表情《ひょうじょう》がほんの少《すこ》しだけ柔《やわ》らかくなった。

「お礼《れい》はいいです。あんな最悪《さいあく》の状況下《じょうきょうか》でも他人《たにん》のアイテムを奪《うば》わず、しかも助《たす》け合《あ》うプレイヤーがあなた達《たち》だけだったから……。放《ほう》っておけなかっただけです」

潮《うしお》さんがそうかぶりを振《ふ》れば。

「何《なに》それ、超《ちょう》いや味《み》なんですけどー」

と、近《ちか》くで体育座《たいいくすわ》りしていた蓮花《れんか》さんが反射的《はんしゃてき》に噛《か》みつく。一方《いっぽう》、戸坂《とさか》くんはまたいつの間《ま》にか姿《すがた》が見《み》えなくなっていた。

「でも、あの、私《わたし》が足手《あしで》まといになったせいで、お二人《ふたり》を危険《きけん》な目《め》に遭《あ》わせちゃって……」

「本当《ほんとう》にもういい。オレがおまえを守《まも》りたくて守《まも》った。このケガもオレ自身《じしん》が招《まね》いた結果《けっか》だから気《き》にするな」

——トクン。

そんな場合《ばあい》じゃないというのに剣人《けんと》さんの優《やさ》しさに触《ふ》れるたび、私《わたし》の胸《むね》の奥《おく》がほわっと温《あたた》かくなる。

「どうして……ですか？」

「ん？」

「どうして出会《であ》ったばかりの私《わたし》を、そんなに必死《ひっし》に守《まも》ろうとしてくれるんですか？」

「……。それ、は……」

私《わたし》は思《おも》いきって、不思議《ふしぎ》に思《おも》っていたことを尋《たず》ねてみた。いくら剣人《けんと》さんが優《やさ》しくて責任感《せきにんかん》が強《つよ》いといっても、赤《あか》の他人《たにん》のためにここまで一生懸命《いっしょうけんめい》になってくれるなんて少《すこ》しおかしいと思《おも》う。剣人《けんと》さんは眉根《まゆね》をキュッと寄《よ》せて答《こた》えづらそうにしてたけど、最終的《さいしゅうてき》には素直《すなお》に理由《りゆう》を話《はな》してくれた。

「オレ、妹《いもうと》がいるって、さっき言《い》ったよな」

「……はい」

「寿々子《すずこ》っていうんだけど、実《じつ》は2年前《ねんまえ》から行方不明《ゆくえふめい》なんだ。知《し》ってるか、未解決《みかいけつ》のままの連続児童誘拐事件《れんぞくじどうゆうかいじけん》」

「え……」

「！」

剣人《けんと》さんの答《こた》えを聞《き》いた私《わたし》と潮《うしお》さんは、大《おお》きく目《め》を見開《みひら》いた。知《し》ってるも何《なに》も、私《わたし》のお姉《ねえ》ちゃんも事件《じけん》の被害者《ひがいしゃ》だ。じゃあ剣人《けんと》さんは私《わたし》と同《おな》じ被害者《ひがいしゃ》の家族《かぞく》……だったの？

私《わたし》は思《おも》わず大《おお》きく身《み》を乗《の》り出《だ》した。

「わ、私《わたし》のお姉《ねえ》ちゃんもそうです。姉《あね》は加納姫乃《かのうひめの》っていうんですけど、２年前《ねんまえ》に突然行方《とつぜんゆくえ》不明《ふめい》になって！」

「!?　なんだって？」

「………っ！」

この時《とき》、隣《となり》に座《すわ》る潮《うしお》さんの顔色《かおいろ》が真《ま》っ青《さお》になってたけれど、話《はなし》に夢中《むちゅう》になってる私《わたし》はそのことに気《き》づけなかった。

「妃名乃《ひなの》のお姉《ねえ》さんも被害者《ひがいしゃ》の一人《ひとり》だったのか……」

「はい。でもまさか剣人《けんと》さんの妹《いもうと》さんも誘拐《ゆうかい》されていた、なんて……」

それじゃあもしかしてもしかすると？……と視線《しせん》を背後《はいご》の蓮花《れんか》さんに移《うつ》せば「あたしは一人《ひとり》っ子《こ》だから違《ちが》うわよ」とすぐに否定《ひてい》される。

「寿々子《すずこ》も妃名乃《ひなの》と同《おな》じで気弱《きよわ》な性格《せいかく》でさ。だからなんだか他人《たにん》だとは思《おも》えなくて」

「そう、だったんですか……」

剣人《けんと》さんの話《はなし》を聞《き》いて、私《わたし》はようやく納得《なっとく》した。

そっか。きっと剣人《けんと》さんは私《わたし》の中《なか》に行方不明中《ゆくえふめいちゅう》の妹《いもうと》さんの面影《おもかげ》を見《み》てたんだ。

寿々子《すずこ》さんを守《まも》れなかった代《か》わりに、私《わたし》を守《まも》ろうとしてくれたのかな……。

(でもこんな偶然《ぐうぜん》ってあるの？　お姉《ねえ》ちゃんが誘拐《ゆうかい》されて、寿々子《すずこ》さんが誘拐《ゆうかい》されて、その家族《かぞく》である私《わたし》と剣人《けんと》さんがそろってこんな所《ところ》に連《つ》れてこられて……)

もしかして……。私《わたし》の脳内《のうない》ではある疑惑《ぎわく》が浮上《ふじょう》した。

多分剣人《たぶんけんと》さんも、同《おな》じことを考《かんが》え始《はじ》めてるはず。

夢《ゆめ》の中《なか》で私《わたし》に『生《い》き抜《ぬ》け』とメッセージを送《おく》ってきたお姉《ねえ》ちゃん。

もしかしたらお姉《ねえ》ちゃんも2年前《ねんまえ》、ギロンパに攫《さら》われてギルティゲームに参加《さんか》させられたんじゃないのかな。

そして今《いま》の私《わたし》と同《おな》じ絶望《ぜつぼう》と恐怖《きょうふ》を味《あじ》わって、もしかしたら……そのまま——


「はーーい、皆《みな》さんお待《ま》たせしたでクル。腹《はら》が減《へ》っては戦《いくさ》はできぬ……ということで、おにぎりをご用意《ようい》いたしましたクル〜♪」

私《わたし》の思考《しこう》を中断《ちゅうだん》するように、突然《とつぜん》クルンパの陽気《ようき》な声《こえ》が響《ひび》いた。

クルンパはサービスワゴンに山《やま》のようにおにぎりを積《つ》み、私達《わたしたち》に配《くば》り始《はじ》める。

なぜかそのクルンパと一緒《いっしょ》にいるのは——

「はい、ヒナちゃん。おにぎりの具《ぐ》は何《なに》がええ？　梅干《うめぼ》し、おかか、昆布《こんぶ》。関西限定《かんさいげんてい》のかやくご飯《はん》おにぎりもあるで〜♪」

「と、戸坂《とさか》くん？」

そう、それは戸坂《とさか》くんだった。借《か》り物競走《ものきょうそう》の時《とき》にあっさり裏切《うらぎ》ったくせに、どれだけ神《しん》経《けい》が図太《ずぶと》いのか。まるで何事《なにごと》もなかったかのように笑顔《えがお》で話《はな》しかけてくる。

「おい、おまえ、いいかげんにしろよ！」

「うおう！」

そんな戸坂《とさか》くんの態度《たいど》に、ブチ切《き》れたのは剣人《けんと》さんだ。服《ふく》がちぎれるんじゃないかと思《おも》うほど強《つよ》く、剣人《けんと》さんは戸坂《とさか》くんの胸《むな》ぐらをつかみあげる。

「おまえ、自分《じぶん》が何《なに》したかわかってんのか？」

「もちろんわかってるでぇ？」

だけど戸坂《とさか》くんも剣人《けんと》さんに負《ま》けてなかった。剣人《けんと》さんのおでこに自分《じぶん》のおでこをガツンとぶつけて、真正面《ましょうめん》からにらみ合《あ》う。

「オレは自分《じぶん》ていう人間《にんげん》が大好《だいす》きやねん。だからオレはオレを救《すく》うために、できる限《かぎ》りのことをした。それの何《なに》が悪《わる》いんや？」

「なん……だと？」

面《めん》と向《む》かって開《ひら》き直《なお》られると思《おも》ってなかったのか、剣人《けんと》さんの勢《いきお》いが少《すこ》しだけ萎《しぼ》む。

「けどまぁ、ヒナちゃんみたいにか弱《よわ》い女《おんな》の子《こ》を騙《だま》す羽目《はめ》になったのは一生《いっしょう》の不覚《ふかく》や。堪忍《かんにん》してな。それになんや可愛《かわい》い女《おんな》の子《こ》がもう一人《ひとり》増《ふ》えてるみたいやし……。とりあえずこの先《さき》も仲良《なかよ》うやっていこうや」

戸坂《とさか》くんは剣人《けんと》さんから離《はな》れ、改《あらた》めて私《わたし》と潮《うしお》さんに向《む》かってニカッと笑《わら》った。

でも剣人《けんと》さんは納得《なっとく》いかずに憮然《ぶぜん》とした表情《ひょうじょう》のままで、戸坂《とさか》くんとは対照的《たいしょうてき》だ。

なんというか……戸坂《とさか》くんは不思議《ふしぎ》な人《ひと》だ。あんなにひどいことをされたのに、なんだか憎《にく》めない。多分戸坂《たぶんとさか》くんが自分《じぶん》の欲望《よくぼう》に忠実《ちゅうじつ》すぎるからなのかな。

『何《なに》をしても生《い》き延《の》びたい。そのためならなんでもする――！』

それは人間《にんげん》なら誰《だれ》もが持《も》っている、当《あ》たり前《まえ》の本能《ほんのう》だから……。

「うんうん、過酷《かこく》なゲームの中《なか》で、みんな仲良《なかよ》くやってるクルな。よいことだクル～」

「あ、クルンパ？」

なぜかクルンパが剣人《けんと》さん達《たち》のやり取《と》りを見《み》てうっとりしてた。

可愛《かわい》い外見《がいけん》のせいで忘《わす》れてしまいそうになるけど、クルンパだってギロンパの手先《てさき》。決《けっ》して信用《しんよう》できない私達《わたしたち》の敵《てき》なのだ。

「あのぅ、このおにぎり、毒《どく》とか入《はい》ってない……ですよね？」

「ムキー！　失礼《しつれい》なことを言《い》わないでほしいクル！　クルンパのお仕事《しごと》にはプレイヤーの皆《みな》さまの体調管理《たいちょうかんり》も含《ふく》まれているでクル。ゲーム以外《いがい》の原因《げんいん》で死《し》なれたらギロンパ様《さま》がお怒《いか》りになるから、クルンパは一生懸命《いっしょうけんめい》おにぎりを用意《ようい》したんでクル〜!!」

一応確認《いちおうかくにん》を入《い》れてみたら、クルンパは悔《くや》しそうにダンダンと床《ゆか》を踏《ふ》み鳴《な》らした。

すると横《よこ》からひょいっと手《て》が伸《の》びて、おにぎりを一《ひと》つ取《と》っていく。

「あ、潮《うしお》さん？」

「クルンパの言《い》うとおり、ゲーム時間外《じかんがい》にギロンパが手出《てだ》しすることはないと思《おも》います。だから今《いま》は少《すこ》しでも食事《しょくじ》をとって体力《たいりょく》をつけたほうがいいですよ」

「あ、はい……」

潮《うしお》さんは疑《うたが》うこともなく、クルンパの用意《ようい》したおにぎりを口《くち》に運《はこ》んだ。ムサシもお腹《なか》が空《す》いたのか、私《わたし》の足元《あしもと》でワンワンと吠《ほ》えている。

「はいはい、わかったよ、ムサシ。ご飯《はん》が欲《ほ》しいんだね」

「ワオーン！」

私《わたし》も潮《うしお》さんにならってムサシと自分《じぶん》の分《ぶん》、二《ふた》つのおにぎりを手《て》にした。それからもう一《ひと》つもらって、少《すこ》し離《はな》れた位置《いち》に座《すわ》ってる蓮花《れんか》さんのところに持《も》っていく。

「あの蓮花《れんか》さん、これ……」

「いらないわよ、そんなもの！」

「！」

おにぎりを差《さ》し出《だ》したけれど、バシッと強《つよ》い力《ちから》で手《て》を払《はら》われた。おにぎりは私《わたし》の手《て》から落《お》ちて、コロコロと床《ゆか》を転《ころ》がる。

「あたしは普段《ふだん》の食事《しょくじ》でも炭水化物《たんすいかぶつ》は一切《いっさい》とらないようにしてるの！　こう見《み》えて太《ふと》りやすい体質《たいしつ》なのよ！」

「あ、そうなんですか。よ、余計《よけい》なおせっかい焼《や》いて、ごめんな、さい……」

「……っ」

蓮花《れんか》さんはイライラしているのか、バッグの中《なか》からサプリメントの小瓶《こびん》を取《と》り出《だ》して数《すう》錠口《じょうくち》の中《なか》に放《ほう》り込《こ》んだ。私《わたし》はその様子《ようす》を少《すこ》し離《はな》れた所《ところ》から見《み》つめた。

「何《なに》よ、なんなのよ。あたしはね、モデルになるためにすっごく過酷《かこく》なダイエットで体《からだ》を絞《しぼ》ってきたの。ウォーキングのレッスンだって一度《いちど》もサボったことない。いつか読《どく》モじゃなくて、カリスマモデルになってトップに立《た》ってみせるんだから……！」

ブツブツつぶやく蓮花さんの目尻《めじり》には、いつの間《ま》にかうっすら涙《なみだ》が滲《にじ》んでいる。

「負《ま》けない。こんなところで負《ま》けるもんですか。絶対生《ぜったいい》きて帰《かえ》るんだから。今《いま》までしてきた努力《どりょく》は、絶対《ぜったい》あたしを裏切《うらぎ》らない……！」

まるで自分《じぶん》に言《い》い聞《き》かせるように、蓮花《れんか》さんはまっすぐ前《まえ》だけを見《み》つめていた。

弱肉強食《じゃくにくきょうしょく》といわれる芸能界《げいのうかい》で必死《ひっし》に戦《たたか》ってきた蓮花《れんか》さん。

もしかしたら蓮花《れんか》さんは見《み》た目《め》より、ずっとずっと真面目《まじめ》で純粋《じゅんすい》な人《ひと》なのかも……。

なんとなくだけど、私《わたし》はこの時《とき》そう思《おも》った。


『さぁて、そろそろゲームを始《はじ》めるチョロ！　みんなアプリをチェックするチョロ～♪』

おにぎりを食《た》べ終《お》わったところで、無限駅《むげんえき》にチョロンパの陽気《ようき》なアナウンスが流《なが》れた。

ああ、どうしよう。とうとう次《つぎ》のゲームが始《はじ》まってしまう……！　せっかく落《お》ち着《つ》いていた心臓《しんぞう》が、またバクバクとし始《はじ》める。

「で、オレ達《たち》は何《なに》をすればいいんだ？」

「アプリ、見《み》てみましょう」

暗《くら》い気持《きも》ちのままアプリを起《た》ち上《あ》げると、私《わたし》と剣人《けんと》さん、ムサシ、潮《うしお》さん、蓮花《れんか》さん、戸坂《とさか》くんは同《おな》じ10階《かい》の120番《ばん》ホームに集合《しゅうごう》するように指示《しじ》が出《で》ていた。私達《わたしたち》はみんなそろって、指定《してい》のホームに向《む》かって歩《ある》き始《はじ》める。

「今度《こんど》のゲームはどんなゲームだろうな……」

「ふん、どうせろくでもないゲームに決《き》まってるわよ！」

「ま、オレは今回《こんかい》こそ勝《か》ちにいくつもりやけどな♪」

「あ、あたしだって！　今度《こんど》こそ邪魔《じゃま》すんじゃないわよ！」

「ワォーン！」

剣人《けんと》さんや戸坂《とさか》くん、蓮花《れんか》さんは、ゲームを前《まえ》に気合《きあい》を入《い》れてるみたいだ。

だけど私《わたし》は10階《かい》に移動《いどう》している間中《あいだじゅう》、怖《こわ》くて怖《こわ》くてたまらなかった。

(どうしよう、また次《つぎ》のゲームでみんなの足《あし》を引《ひ》っ張《ぱ》ることになっちゃったら。今度《こんど》こそ私《わたし》のせいで誰《だれ》かが死《し》ぬことになっちゃったら……！)

さっきのファーストゲームで思《おも》い知《し》った。自分《じぶん》が死《し》んでしまうのも怖《こわ》いけど、私《わたし》のせいで誰《だれ》かが死《し》んじゃうのも同《おな》じくらい怖《こわ》い……って。

そんなことをぐるぐる考《かんが》えていたら、潮《うしお》さんが小声《こごえ》で話《はな》しかけてきた。

「大丈夫《だいじょうぶ》……ですか？」

「あ、は、はい……」

本当《ほんとう》は全然大丈夫《ぜんぜんだいじょうぶ》じゃないけど、迷惑《めいわく》をかけたくなくて小《ちい》さくうなずき返《かえ》す。

「潮《うしお》、妃名乃《ひなの》ちゃんの気持《きも》ち、よくわかります。みんなの足手《あしで》まといになるのが辛《つら》いんですよね？」

「えっ⁉」

「潮《うしお》も昔《むかし》、妃名乃《ひなの》ちゃんと同《おな》じでした。みんなに助《たす》けてもらうばっかりで、どうして自分《じぶん》だけこんなに弱《よわ》いんだろうって思《おも》うと悔《くや》しくて悔《くや》しくて……」

潮《うしお》さんの告白《こくはく》を聞《き》いて、私《わたし》は驚《おどろ》いた。だって潮《うしお》さんはチョロンパに一人《ひとり》で立《た》ち向《む》かっていくほど強《つよ》い女《おんな》の子《こ》。弱《よわ》い姿《すがた》なんて全然《ぜんぜん》想像《そうぞう》がつかない。

「し、信《しん》じられません。潮《うしお》さんが、そんな……」

「本当《ほんとう》ですよ。今《いま》の潮《うしお》がいるのは友達《ともだち》のおかげです。潮《うしお》はいつも守《まも》られていてばかりだったから、今度《こんど》は誰《だれ》かを守《まも》れるような女《おんな》の子《こ》になりたかったんです」

「……」

「だから妃名乃《ひなの》ちゃんも今《いま》すぐは無理《むり》でも、友達《ともだち》と一緒《いっしょ》なら強《つよ》くなれます。きっとです」

潮《うしお》さんはフッと泣《な》き笑《わら》いの顔《かお》になって、私《わたし》を励《はげ》ましてくれた。

そっか。潮《うしお》さんはきっと必死《ひっし》に努力《どりょく》して、今《いま》の強《つよ》さを手《て》に入《い》れたんだね。

「わ、わかりました、じゃあ頑張《がんば》って一緒《いっしょ》に無限駅《むげんえき》を脱出《だっしゅつ》しましょうね」

私《わたし》はそう潮《うしお》さんに言葉《ことば》を返《かえ》すけど。

「潮《うしお》なら大丈夫《だいじょうぶ》です。妃名乃《ひなの》ちゃんは自分《じぶん》のことだけ考《かんが》えていて下《くだ》さい」

「え……」

「潮《うしお》はこの駅《えき》で探《さが》し物《もの》があるんです。それを見《み》つけるまでは……帰《かえ》れません」

潮《うしお》さんは私《わたし》の肩《かた》をポンポンと叩《たた》くと、歩調《ほちょう》を速《はや》めて私《わたし》を追《お》い抜《ぬ》いていった。

その背中《せなか》を見《み》ていたら、なぜか私《わたし》まで切《せつ》ない気持《きも》ちになった。

潮《うしお》さんの探《さが》し物《もの》って一体《いったい》なんだろう？

もしかして潮《うしお》さんには私《わたし》が想像《そうぞう》できないような辛《つら》い過去《かこ》があるのかもしれない……。

「――着《つ》いたぞ」

そして私達《わたしたち》は指定《してい》の10階《かい》120番《ばん》ホームに到着《とうちゃく》した。ホームにはたった一両《いちりょう》しかない電車《でんしゃ》が停《と》まっている。運転席《うんてんせき》の窓《まど》から顔《かお》を出《だ》したのは、車掌姿《しゃしょうすがた》のクルンパだ。

「さぁまもなく120番《ばん》ホームから発車《はっしゃ》します。ご利用《りよう》のプレイヤーは電車《でんしゃ》に乗《の》ってお待《ま》ち下《くだ》さいだクル～☆」

こうして私達《わたしたち》を乗《の》せた電車《でんしゃ》は、発車《はっしゃ》ベルと同時《どうじ》に無限駅《むげんえき》を出発《しゅっぱつ》した。

「ご乗車《じょうしゃ》ありがとうござまぁっす！　現在走《げんざいはし》ってるこの電車《でんしゃ》は近未来経由現実行《きんみらいけいゆげんじつい》きとなっております。皆《みな》さま適当《てきとう》な座席《ざせき》にお座《すわ》り下《くだ》さいでクル～☆」

狭《せま》い電車内《でんしゃない》には、11人《にん》と1匹《ぴき》のプレイヤーが乗車《じょうしゃ》していた。座席《ざせき》は向《む》かい合《あ》わせのロングシートタイプで、電車《でんしゃ》の運転《うんてん》は自動《じどう》で行《おこな》われているみたい。

窓《まど》の外《そと》を見《み》ると同《おな》じような一両電車《いちりょうでんしゃ》が無限駅《むげんえき》の周《まわ》りをぐるぐる走《はし》っていた。多分《たぶん》あの中《なか》で他《ほか》のプレイヤーもゲームに参加《さんか》しているはずだ。

「それではこれから行《おこな》うゲームの説明《せつめい》を始《はじ》めるでクル。司会進行《しかいしんこう》はクルンパ386号機《ごうき》が務《つと》めさせていただくだクル～♪」

え？　386号機《ごうき》？　クルンパってそんなにたくさんいるんだ……。

もしかしてクルンパは着《き》ぐるみじゃなくて、精巧《せいこう》なロボットだったりするのかな？

【セカンドゲーム　赤《あか》ずきんちゃんを探《さが》せ！】
①同《おな》じ電車《でんしゃ》に乗《の》った12人《にん》の中《なか》に、ひとりだけ赤《あか》ずきんちゃんが隠《かく》れている。対《たい》して狼役《おおかみやく》は9匹《ひき》。狼《おおかみ》チームは赤《あか》ずきんちゃんが誰《だれ》かを推理《すいり》して、探《さが》し出《だ》すこと！
②赤《あか》ずきんちゃんにはおばあさん、猟師《りょうし》という味方《みかた》がいる。この2人《り》を加《くわ》えた3人《にん》が赤《あか》ずきんちゃんチーム。
③見事《みごと》赤《あか》ずきんちゃんを発見《はっけん》できたら狼《おおかみ》チームの勝《か》ち。対《たい》して赤《あか》ずきんちゃんチームは狼《おおかみ》から逃《に》げきったら勝《か》ち。勝《か》ったチームは終点《しゅうてん》まで電車《でんしゃ》に乗《の》って、現実世界《げんじつせかい》へ帰《かえ》れる。

電車《でんしゃ》の最前部《さいぜんぶ》のモニターに、セカンドゲームのルールが表示《ひょうじ》された。

ルールを読《よ》み進《すす》めていくうちに、私《わたし》はこのゲームが「人狼《じんろう》」というテーブルトークゲームによく似《に》ていることに気《き》づく。

人狼《じんろう》ゲームとは、村人《むらびと》の中《なか》に隠《かく》れた人狼《じんろう》を、みんなで話《はな》し合《あ》って見《み》つけるゲームだ。

まずプレイヤーには『村人《むらびと》』と『人狼《じんろう》』の配役《はいやく》カードが配《くば》られる。人狼《じんろう》は、昼間《ひるま》は人《ひと》に化《ば》けて村人《むらびと》の中《なか》に隠《かく》れている。そして夜《よる》がくると村人《むらびと》を一人《ひとり》食《く》い殺《ころ》してしまう……という設定《せってい》。だから村人《むらびと》は昼間《ひるま》にみんなで相談《そうだん》して、村人《むらびと》の中《なか》から人狼《じんろう》だと思《おも》う一人《ひとり》を投票《とうひょう》で選《えら》んで村《むら》から追放《ついほう》する。

追放《ついほう》した村人《むらびと》が人狼《じんろう》なら村人《むらびと》が勝《か》ち。だけど人狼《じんろう》じゃなかった場合《ばあい》は、人狼《じんろう》を見《み》つけるまで村人《むらびと》の追放投票《ついほうとうひょう》が続《つづ》く……というのがゲームの大《おお》まかな流《なが》れ。

つまりこのゲームは話《はな》し合《あ》いと推理《すいり》のみで進《すす》んでいく心理《しんり》ゲームだ。ただし『赤《あか》ずきんちゃんを探《さが》せ！』の場合《ばあい》、狼《おおかみ》ではなく人間《にんげん》の赤《あか》ずきんちゃんを見《み》つけるのが目的《もくてき》らしい。

「はーい、なんか難《むずか》しいルールを説明《せつめい》されてもよくわかんないでーす。つまりぃ、みんなで話《はな》し合《あ》いをして赤《あか》ずきん役《やく》を見《み》つければゲームクリアってこと？」

ルール説明《せつめい》の途中《とちゅう》、蓮花《れんか》さんが手《て》を挙《あ》げてクルンパに質問《しつもん》した。

「簡単《かんたん》に言《い》うとそうでクル。ゲーム初体験《はつたいけん》のプレイヤーがほとんどだと思《おも》うでクルが、やってるうちに慣《な》れてくるクルよ〜」

そう言《い》ってクルンパがモニターをタップすると追加《ついか》のルールが表示《ひょうじ》される。

【セカンドゲーム　赤《あか》ずきんちゃんを探《さが》せ！　ルール説明《せつめい》】

●夜《よる》ターンと朝《あさ》ターンを4回繰《かいく》り返《かえ》す。一《いち》ターン30分制《ぶんせい》で計《けい》2時間《じかん》。その間《あいだ》に赤《あか》ずきんちゃんを見《み》つけること！

●まず夜《よる》の狼《おおかみ》ターンからスタート。プレイヤーは話《はな》し合《あ》って、誰《だれ》を食《く》い殺《ころ》すか（追放《ついほう》するか）投票《とうひょう》で決《き》める。おばあさんは話《はな》し合《あ》いの場《ば》で上手《じょうず》にウソをついて、赤《あか》ずきんちゃんが狼《おおかみ》に疑《うたが》われないように守《まも》ろう。狼《おおかみ》チームは赤《あか》ずきんちゃんを見《み》つけられたらゲームクリア。

●夜《よる》ターンが終《お》わったら赤《あか》ずきんちゃんチームのターン。猟師《りょうし》は狼《おおかみ》だと思《おも》うプレイヤーを一人《ひとり》だけ狙撃《そげき》できる。もちろん狙撃《そげき》しない……という選択肢《せんたくし》もあり。

●ただし狼《おおかみ》チームには嗅覚《きゅうかく》の鋭《するど》いボス狼役《おおかみやく》が存在《そんざい》する。ボス狼《おおかみ》は朝《あさ》ターンにプレイヤーの中《なか》から誰《だれ》か一人《ひとり》を選《えら》んで『狼《おおかみ》』なのか『人《ひと》』なのかを匂《にお》いで占《うらな》うことができる。

●投票《とうひょう》で追放《ついほう》になったプレイヤー、また猟師《りょうし》に狙撃《そげき》されたプレイヤーは途中下車《とちゅうげしゃ》して無限《むげん》

駅《えき》に逆戻《ぎゃくもど》り。ウラシマッチダーツの対象《たいしょう》となる。
●また赤《あか》ずきんちゃん役《やく》は狼《おおかみ》に見《み》つけられた時点《じてん》で、100年分《ねんぶん》のウラシマッチが発動《はつどう》。正体《しょうたい》を見破《みやぶ》られないように気《き》をつけよう☆

「うつわー、えぐいわぁ。こんなルール、赤《あか》ずきんちゃん役《やく》が圧倒的《あっとうてき》に不利《ふり》やん」

いつの間《ま》にか私《わたし》の隣《となり》の座席《ざせき》に座《すわ》っていた戸坂《とさか》くんが、うげっと情《なさ》けない悲鳴《ひめい》を上《あ》げた。

確《たし》かにひどい。しかも負《ま》けるか追放《ついほう》されたら無限駅《むげんえき》に逆戻《ぎゃくもど》りして、ウラシマッチの対象《たいしょう》になるという死《し》の恐怖《きょうふ》つきだ。

これは何《なに》がなんでも赤《あか》ずきんちゃんを見《み》つけて、ゲームをクリアしなきゃ……。

「ではゲームを始《はじ》めるでクル。皆《みな》さん手元《てもと》のスマホアプリにちゅうもぉおく！」

そうして運命《うんめい》の配役《はいやく》が抽選《ちゅうせん》された。スマホ画面《がめん》には配役《はいやく》カードがシャッフルされているアニメが映《うつ》り、そのうちの１枚《まい》が裏返《うらがえ》しのまま配《くば》られる。

ここにそろっているプレイヤーは11人《にん》と１匹《ぴき》。だから赤《あか》ずきんちゃんに選《えら》ばれる可能性《かのうせい》は12分《ぶん》の１――

☆プレイヤー番号《ばんごう》6577番《ばん》　加納妃名乃《かのうひなの》　配役《はいやく》『赤《あか》ずきん』

（え？　ウソ、なんで!?　なんで私《わたし》がよりにもよって赤《あか》ずきん役《やく》!?　さ、最悪《さいあく》だよ!!）

だけどあろうことか、私《わたし》はその12分《ぶん》の1を引《ひ》いてしまった！　これじゃあみんなに赤《あか》ずきんだとバレた時点《じてん》で、100年分《ねんぶん》のウラシマッチを打《う》たれて死《し》んでしまう。

「おい、妃名乃《ひなの》？」

「！」

顔色《かおいろ》の変化《へんか》に気《き》づいたのか、剣人《けんと》さんが声《こえ》をかけてきた。私《わたし》は思《おも》わずその声《こえ》にすがりたくなる、けど……。だめだ。もうゲームは始《はじ》まっている。確率的《かくりつてき》に剣人《けんと》さんは狼《おおかみ》である可《か》能性《のうせい》が高《たか》い。動揺《どうよう》していることを知《し》られたら、私《わたし》が赤《あか》ずきんだってバレてしまう！

「な、なんでもない……です。なんだかすごく、き、緊張《きんちょう》しちゃって……」

「……。そうか」

私《わたし》はなんとか微笑《ほほえ》みを浮《う》かべて、平静《へいせい》を装《よそお》うとした。だけどスマホを持《も》つ手《て》はガクガクと震《ふる》えるし、いつの間《ま》にか口《くち》の中《なか》はからからに渇《かわ》いてる。

「クゥ～ン………」

（ムサシ、ごめんね。ムサシも不安《ふあん》だよね。あ、そういえばムサシの配役《はいやく》は!?）

自分《じぶん》の配役《はいやく》に衝撃《しょうげき》を受《う》けていたけど、ムサシの鳴《な》き声《ごえ》を聞《き》いて私《わたし》は大事《だいじ》なことを思《おも》い出《だ》した。借《か》り物競走《ものきょうそう》では、私《わたし》とムサシはペアのような扱《あつか》いだった。でも今回《こんかい》はムサシが何役《なにやく》なのか、私《わたし》のスマホには表示《ひょうじ》されていない。

「クルンパ、犬《いぬ》のムサシは話《はな》し合《あ》いや投票《とうひょう》に参加《さんか》できないと思《おも》うんだけど……」

「あ、そうだったクルね。今回《こんかい》はイレギュラーのワンちゃんがいたクルね」

私《わたし》が質問《しつもん》するとクルンパは前面《ぜんめん》モニターを軽《かる》くタップする。

「公正《こうせい》を期《き》すために、ムサシの投票《とうひょう》はコンピューターでランダムに行《おこな》われるよう設定《せってい》したクル。妃名乃《ひなの》ちゃんにとっては大事《だいじ》な相棒《あいぼう》でも、今回《こんかい》のムサシは敵《てき》かもしれないクル～♪」

「……っ！」

意地悪《いじわる》なクルンパの言葉《ことば》を聞《き》いて、私《わたし》はまた絶望的《ぜつぼうてき》な気持《きも》ちになった。

もしかしたら剣人《けんと》さんや潮《うしお》さん、ムサシまで敵《てき》に回《まわ》ってしまったかもしれないという最《さい》悪《あく》な状況《じょうきょう》で――とうとう『赤《あか》ずきんちゃんを探《さが》せ！』が始《はじ》まった。


【1ターン目《め》・夜《よる》】


明《あか》るい月《つき》だけが夜空《よぞら》を照《て》らす中《なか》、電車《でんしゃ》は荒野《こうや》をひた走《はし》っていた。

私達《わたしたち》12人《にん》のプレイヤーは向《む》かい合《あ》った座席《ざせき》に6人《にん》ずつ腰《こし》かけている。

こちら側《がわ》の座席《ざせき》には剣人《けんと》さん、私《わたし》、ムサシ、戸坂《とさか》くん、潮《うしお》ちゃん、蓮花《れんか》さん。

向《む》かい側《がわ》の座席《ざせき》には中学生《ちゅうがくせい》くらいの男子《だんし》が3人《にん》。女子《じょし》が3人《にん》。そのうちの一人《ひとり》、私《わたし》の斜《なな》め前《まえ》に座《すわ》っていた小太《こぶと》りの男《おとこ》の子《こ》がいきなり立《た》ち上《あ》がり、自己紹介《じこしょうかい》を始《はじ》めた。

「あのボク、堀江《ほりえ》っていいます。この手《て》のカードゲームが大好《だいす》きで、人狼《じんろう》ゲームも何度《なんど》かやったことあります。なのでとりあえずボクから提案《ていあん》させてもらっていいですか」

「あー、なんかあんたいかにもオタクっぽいもんね。いいわよ、提案《ていあん》って何《なに》？」

「オ、オタクって言《い》うな！」

蓮花《れんか》さんの素早《すばや》いツッコミに堀江《ほりえ》くんはフンッと鼻息《はないき》を荒《あら》くする。

「まずこの手《て》の推理《すいり》ゲームでは、最初《さいしょ》は全《まった》くヒントがないから容疑者《ようぎしゃ》を絞《しぼ》りにくいんだ。だから最初《さいしょ》に仮投票《かりとうひょう》を行《おこな》って、それをきっかけに話《はな》し合《あ》いを始《はじ》めるといいと思《おも》う」

「仮投票《かりとうひょう》？」

「そう、今回《こんかい》の場合《ばあい》は第一印象《だいいちいんしょう》で誰《だれ》が赤《あか》ずきんだと思《おも》うか……かな」

そう言《い》いながら堀江《ほりえ》くんはチラリと私《わたし》のほうを盗《ぬす》み見《み》た。

え？　そこでなんで私《わたし》を見《み》るの？　なんかすごくいやな予感《よかん》がするんだけど……。

「じゃあみんな、第一印象《だいいちいんしょう》で赤《あか》ずきんだと思《おも》う人《ひと》を指《ゆび》さして。いっせーの・せっ！」

堀江《ほりえ》くんの合図《あいず》で、仮投票《かりとうひょう》が行《おこな》われた。結果《けっか》、潮《うしお》さん1票《ぴょう》、向《む》かい側《がわ》の真《ま》ん中《なか》に座《すわ》る女《おんな》の子《こ》に2票《ひょう》、ムサシの無効票《むこうひょう》が1票《ひょう》……。そして私《わたし》に8票《ぴょう》が集《あつ》まった。

(ええ〜〜っ⁉　いきなり私《わたし》？　最初《さいしょ》のターンでもうゲームに負《ま》けちゃうの⁉)

いきなり正体《しょうたい》を見破《みやぶ》られて、私《わたし》の心臓《しんぞう》はバクバク音《おと》を立《た》てる。それに蓮花《れんか》さんや戸坂《とさか》くんまで私《わたし》を指《ゆび》さしてる……。また仲間《なかま》(と私《わたし》が勝手《かって》に思《おも》ってる……)に裏切《うらぎ》られる形《かたち》になって、私《わたし》は本気《ほんき》で凹《へこ》んでしまった。

「ま、見《み》た目《め》だけなら小《ち》っちゃくて可愛《かわい》いヒナちゃんが一番赤《いちばんあか》ずきんちゃんっぽいもんなー。けどそれだと当《あ》たり前《まえ》すぎてゲームとしておもろうないな」

だけどすぐに反対意見《はんたいいけん》を口《くち》にしてくれたのは……なんと私《わたし》を指《ゆび》さした戸坂《とさか》くんだ。

潮《うしお》ちゃんも眉根《まゆね》を寄《よ》せながら、戸坂《とさか》くんの意見《いけん》に賛成《さんせい》する。

「確《たし》かに見《み》た目《め》だけで決《き》めつけるのは危《あぶ》ない気《き》がします。赤《あか》ずきんちゃんは女《おんな》の子《こ》だと決《き》まったわけじゃないんですよね？」

「もちろん男《おとこ》が赤《あか》ずきんっていうこともあるだろうな」

「見《み》た目《め》で一番意外《いちばんいがい》なのはムサシよねぇ……」

「あー、せやけど裏《うら》の裏《うら》は表《おもて》で、ムサシは逆《ぎゃく》に見《み》た目《め》どおり狼《おおかみ》っぽいわ」

「それならムサシには投票《とうひょう》しないでおく……という戦略《せんりゃく》もありかもしれません」

さらに剣人《けんと》さん、蓮花《れんか》さんも議論《ぎろん》に参加《さんか》し始《はじ》めた。私《わたし》も慌《あわ》てて、間《あいだ》に入《はい》る。

「わ、私《わたし》は赤《あか》ずきんじゃないです。し、信《しん》じて下《くだ》さい……」

「うーん、信《しん》じてと言《い》われても、根拠《こんきょ》もなしじゃ説得力《せっとくりょく》に欠《か》けますよ」

「いやいや、そう言《い》うホリエっちこそ怪《あや》しいで。仮投票《かりとうひょう》しようと言《い》い出《だ》した奴《やつ》が、案外本物《あんがいほんもの》の赤《あか》ずきんだったりしてな？」

「ボクは違《ちが》う。勝手《かって》なことを言《い》うな！　それと人《ひと》に変《へん》なあだ名《な》をつけるのもやめてくれ!!」

蓮花《れんか》さんに続《つづ》き、戸坂《とさか》くんにまでイジられる堀江《ほりえ》くん。うーん、確《たし》かに向《む》かい側《がわ》に座《すわ》るメンバーの中《なか》では、一番《いちばん》キャラが濃《こ》そうだもんね……。

それからも話《はな》し合《あ》いは続《つづ》いたけど、みんな他《ほか》のメンバーを警戒《けいかい》して、腹《はら》の探《さぐ》り合《あ》いみたいになった。それも仕方《しかた》ないと思《おも》う。このゲームは他人《たにん》を疑《うたが》って、騙《だま》して、裏切《うらぎ》って、うまくウソをつけた人《ひと》が、勝《か》ち残《のこ》れるゲームなんだから……。

「はい、話《はな》し合《あ》い終了《しゅうりょう》！　それではみんな順番《じゅんばん》に最後尾《さいこうび》の車掌室《しゃしょうしつ》に入室《にゅうしつ》するクル～」

そうしてあっという間《ま》に制限時間《せいげんじかん》が過《す》ぎて、投票時間《とうひょうじかん》がやってきた。

投票《とうひょう》の仕方《しかた》はシンプルだ。名前《なまえ》を呼《よ》ばれたら一人《ひとり》で車掌室《しゃしょうしつ》に入《はい》る。車掌室《しゃしょうしつ》には大型《おおがた》のタッチパネルが設置《せっち》されていて、プレイヤーの顔写真《かおじゃしん》が表示《ひょうじ》されている。その中《なか》から一人《ひとり》のプレイヤーを選《えら》んで投票《とうひょう》！　ただし私《わたし》の場合《ばあい》、無実《むじつ》の人《ひと》に投票《とうひょう》することになる。そう考《かんが》えると罪悪感《ざいあくかん》で胸《むね》がつぶれてしまいそうだ。

(ごめんなさい……ごめんなさい！)

私《わたし》は心《こころ》の中《なか》で謝《あやま》りながら、向《む》かい側《がわ》の席《せき》に座《すわ》っていた見知《みし》らぬ女《おんな》の子《こ》に投票《とうひょう》した。

「はい、では投票《とうひょう》の結果《けっか》を発表《はっぴょう》するでクル〜」

再《ふたた》び全員《ぜんいん》が席《せき》に着《つ》いたところで、いよいよ追放者《ついほうしゃ》が発表《はっぴょう》される。

「じゃーん！　最初《さいしょ》の追放者《ついほうしゃ》は5票《ひょう》集《あつ》めたプレイヤー番号《ばんごう》７４９９番《ばん》の吉田浩平《よしだこうへい》くん！

残念《ざんねん》でした。浩平《こうへい》くんには電車《でんしゃ》を降《お》りてもらうでクル〜！」

「えっ、オ、オレかよ⁉　な、なんで⁉」

真《ま》っ青《さお》な顔《かお》で立《た》ち上《あ》がったのは、向《む》かい側《がわ》の席《せき》に座《すわ》っていた男子《だんし》だ。確《たし》か吉田《よしだ》くんは話《はな》し合《あ》いの間《あいだ》もずっと口《くち》を噤《つぐ》んだままで、意見《いけん》らしい意見《いけん》を口《くち》にしなかった人《ひと》だ。

「だってずっと黙《だま》ってるなんて逆《ぎゃく》に怪《あや》しいじゃない。赤《あか》ずきんだから目立《めだ》たないようにしてんのかって思《おも》っちゃったわよ。べらべらしゃべるホリエっちも怪《あや》しかったけどねー」

蓮花《れんか》さんのその言葉《ことば》が、吉田《よしだ》くんが追放《ついほう》された理由《りゆう》を物語《ものがた》ってた。

つまりこのゲームではしゃべりすぎてもだめ。黙《だま》ってばかりいても疑《うたが》われる。

会話《かいわ》の量《りょう》とバランスが大事《だいじ》みたいだ。

「それでは吉田浩平《よしだこうへい》くんはここで退場《たいじょう》！　お出口《でぐち》は右側《みぎがわ》です。向《む》かいのホームにやってくる無限駅《むげんえき》行《い》きの電車《でんしゃ》に乗《の》り換《か》えて、お帰《かえ》り下《くだ》さいクル〜」

「ちょ、ちょっと待《ま》ってくれ！」

電車《でんしゃ》はいつの間《ま》にか荒野《こうや》の中《なか》にぽつんと立《た》つ小《ちい》さな無人駅《むじんえき》に停《と》まっていた。投票《とうひょう》で選《えら》ばれた吉田《よしだ》くんは両手《りょうて》で頭《あたま》を抱《かか》えながら降車《こうしゃ》を拒《こば》む。

「オレ、やだよ！　無限駅《むげんえき》に戻《もど》りたくない！　お願《ねが》いだから投票《とうひょう》やり直《なお》してくれよ。今度《こんど》はちゃんと話《はな》し合《あ》いに参加《さんか》するから……っ！」

吉田《よしだ》くんはその場《ば》にしゃがみ込《こ》んで、一歩《いっぽ》も動《うご》こうとしなかった。

その気持《きも》ちは痛《いた》いほどわかる。この電車《でんしゃ》を降《お》りたら、またウラシマッチの恐怖《きょうふ》が始《はじ》まってしまう。だから何《なに》がなんでも降《お》りたくないはず……。

その時《とき》、電車《でんしゃ》のモニターにチョロンパの顔《かお》が映《うつ》った。

『ゴルァ！　わがまま言《い》ってルールを破《やぶ》ろうとしている不届《ふとど》き者《もの》は誰《だれ》だぁっ!?　おまえら、そんなにチョロンパ様《さま》にお仕置《しお》きされたいかぁ――!!』

「ひっ！」

『ならば今《いま》すぐ死《し》ねぃ！　ウラシマッチ、発動《はつどう》だチョロ～～～！』

チョロンパがリモコンスイッチを押《お》すと、吉田《よしだ》くんの首輪《くびわ》が明《あか》るく光《ひか》りだす。

「わ、わかった、降《お》りるよ。降《お》りればいいんだろ？　チクショオオォォ――!!」

今《いま》すぐ殺《ころ》されるよりはましだと思《おも》ったのか、吉田《よしだ》くんは泣《な》きながら電車《でんしゃ》を降《お》りた。降《お》りると首輪の光もすぐに消える。私達《わたしたち》はその様子《ようす》を無言《むごん》で見《み》つめることしかできなかった。

『ふん、わざわざチョロンパの手《て》をわずらわせるんじゃないチョロ、このバカチンが！』

チョロンパは文句《もんく》を言《い》った後《あと》、モニター画面《がめん》から消《き》えた。

一体《いったい》いつまでこんなことが続《つづ》くんだろう……と私《わたし》は悲《かな》しい気持《きも》ちでいっぱいになる。

これがギロンパやチョロンパ達《たち》のやり方《かた》。

恐怖《きょうふ》で人《ひと》を支配《しはい》し、確実《かくじつ》に絶望《ぜつぼう》へと追《お》い込《こ》んでいくんだ……。

「おやおや、吉田《よしだ》くんが降《お》りても、電車《でんしゃ》はまだ走《はし》るようでクル。どうやら彼《かれ》は赤《あか》ずきんではなかったようでクルね〜。それでは続《つづ》いて朝《あさ》のターンだクル〜」

もちろん赤《あか》ずきんは私《わたし》なので、ゲームはそのまま続行《ぞっこう》される。

現在《げんざい》の残《のこ》り人数《にんずう》は——11人《にん》。


【1ターン目《め》・朝《あさ》】


「それでは朝《あさ》のターンも、また一人《ひとり》ずつ車掌室《しゃしょうしつ》に入《はい》ってもらうクル。朝《あさ》のターンでは猟師《りょうし》役《やく》はプレイヤーの中《なか》から一人《ひとり》を選《えら》んで狙撃《そげき》できるクル。逆《ぎゃく》に狼《おおかみ》チームのボス狼《おおかみ》は、占《うらな》いができるでクル。おばあさん役《やく》は……ウソをつくこと以外《いがい》特《とく》にできることはないクルね〜」

クルンパから説明《せつめい》を聞《き》いて、また一人《ひとり》ずつ車掌室《しゃしょうしつ》へと入《はい》っていった。私《わたし》は自分《じぶん》の順番《じゅんばん》を待《ま》ちながら、色々《いろいろ》と作戦《さくせん》を練《ね》ってみる。

(どうかボス狼《おおかみ》が私《わたし》を選《えら》んで占《うらな》いませんように……。理想《りそう》は猟師役《りょうしやく》の人《ひと》が占《うらな》い能力《のうりょく》のあるボス狼《おおかみ》を狙撃《そげき》すること。そうしたら占《うらな》いで正体《しょうたい》がばれる可能性《かのうせい》がなくなる。でもまだプレイヤーは10人《にん》も残《のこ》っているから、ピンポイントで当《あ》てるのは難《むずか》しそう。ここは狙撃《そげき》しないで朝《あさ》のターンをやり過《す》ごしたほうが……)

私《わたし》は自分《じぶん》が生《い》き残《のこ》るにはどうしたらいいのか、頭《あたま》の中《なか》で順序立《じゅんじょだ》てて考《かんが》えた。

だけど残念《ざんねん》ながら、その想《おも》いは猟師役《りょうしやく》の人《ひと》には通《つう》じなかったようだ。

「はいっ、猟師役《りょうしやく》が狙撃《そげき》したので、またまた脱落者《だつらくしゃ》が出《で》ましたクル。プレイヤー番号《ばんごう》71

28番《ばん》の瀬川誠《せがわまこと》くん。誠《まこと》くんもここでさよならだクル～!」

(えっ⁉　ウソ、猟師役《りょうしやく》の人《ひと》、狙撃《そげき》しちゃったの⁉)

全員《ぜんいん》が席《せき》に着《つ》いたタイミングで、再《ふたた》び脱落者《だつらくしゃ》の名前《なまえ》が発表《はっぴょう》された。

考《かんが》えてた作戦《さくせん》と反対《はんたい》の行動《こうどう》をとられてしまって、私《わたし》は困《こま》ってしまう。

「はあ、なんでここで狙撃《そげき》するんだよ……」

「猟師《りょうし》はずいぶんアグレッシブな性格《せいかく》やね……」

私《わたし》の両脇《りょうわき》に座《すわ》る剣人《けんと》さんと戸坂《とさか》くんも、小声《こごえ》でブツブツつぶやいてた。そんな中《なか》でただ一人蓮花《ひとりれんか》さんだけが、「さぁ、さっさと次行《つぎい》くわよ、次《つぎ》!」と、異様《いよう》にやる気《き》になっている。

２人目《りめ》の脱落者《だつらくしゃ》が出《で》て、現在《げんざい》の残《のこ》り人数《にんずう》は――10人《にん》。

【2ターン目《め》・夜《よる》】

１ターン目《め》の夜《よる》と朝《あさ》が終《お》わった時点《じてん》で、向《む》かい側《がわ》の席《せき》に座《すわ》るのは堀江《ほりえ》くんと女子《じょし》３人《にん》になっていた。その中《なか》でも堀江《ほりえ》くんが一番頭《いちばんあたま》の回転《かいてん》が速《はや》い。

「まず狼《おおかみ》チームが探《さが》すべきは赤《あか》ずきんじゃなく、赤《あか》ずきんの協力者《きょうりょくしゃ》である猟師《りょうし》とおばあさんだと思《おも》うんだよね。この二人《ふたり》を排除《はいじょ》すれば、赤《あか》ずきんは追《お》いつめられたも同然《どうぜん》」

堀江《ほりえ》くんの意見《いけん》を聞《き》いて、『まずい！』と思《おも》った。やっぱり堀江《ほりえ》くんはこの手《て》のゲームに慣《な》れている。早《はや》く彼《かれ》をなんとかしないと、私《わたし》の正体《しょうたい》は遅《おそ》かれ早《はや》かれ見抜《みぬ》かれてしまうだろう。だけど赤《あか》ずきんちゃん役《やく》にできることは何《なに》もない。

「つまり逆《ぎゃく》に考《かんが》えると、赤《あか》ずきんちゃんチームはボス狼《おおかみ》に対《たい》し先手《せんて》を打《う》ちたいよな……」

「！」

堀江《ほりえ》くんと違《ちが》って、赤《あか》ずきんちゃん寄《よ》りの意見《いけん》を言《い》い出《だ》したのは剣人《けんと》さんだった。

もしかしてもしかすると……剣人《けんと》さんは猟師《りょうし》かおばあさん役《やく》……なの？

私《わたし》は隣《となり》の剣人《けんと》さんの顔《かお》を盗《ぬす》み見《み》ながら、ほんの少《すこ》しだけ期待《きたい》してしまう。

「そういえば誰《だれ》がボス狼《おおかみ》なの？　占《うらな》いはしたの？」

剣人《けんと》さんの言葉《ことば》でボス狼役《おおかみやく》のことを思《おも》い出《だ》したのか、向《む》かい側《がわ》に座《すわ》る女子《じょし》がみんなの顔《かお》を見回《みまわ》した。ボス狼役《おおかみやく》は車掌室《しゃしょうしつ》で誰《だれ》かの正体《しょうたい》を占《うらな》ったはず。だけど数十秒《すうじゅうびょう》待《ま》っても、ボス狼役《おおかみやく》は名乗《なの》り出《で》なかった。

「ちょっと、なんで名乗《なの》り出《で》ないの？」

「多分《たぶん》、今名乗《いまなの》り出《で》たら次《つぎ》の朝《あさ》のターンで猟師役《りょうしやく》に狙撃《そげき》されるから……ですね」

女《おんな》の子《こ》の質問《しつもん》に、潮《うしお》さんが答《こた》える。

「何《なに》それ、つまりボス狼《おおかみ》は占《うらな》いの結果《けっか》を独《ひと》り占《じ》めして、じっと隠《かく》れてるってこと？　なんか卑怯《ひきょう》じゃない!?」

蓮花《れんか》さんが声《こえ》を上《あ》げて、ボス狼《おおかみ》を批判《ひはん》した。だけどこれはそういう駆《か》け引《ひ》きが重要《じゅうよう》なゲームだ。私《わたし》がボス狼《おおかみ》でも、この時点《じてん》では名乗《なの》り出《で》ないと思《おも》う。

「それにしても今回《こんかい》の猟師役《りょうしやく》はあんまり頭《あたま》がよくないみたいだな。普通《ふつう》に考《かんが》えれば、猟師《りょうし》は誰《だれ》も狙撃《そげき》しないのが正解《せいかい》なのに」

さらに議論《ぎろん》が煮詰《につ》まってくると、堀江《ほりえ》くんが攻勢《こうせい》をかけてきた。わざと猟師役《りょうしやく》を挑発《ちょうはつ》するような言《い》い方《かた》で、自分《じぶん》の意見《いけん》を述《の》べ始《はじ》める。

「狙撃《そげき》しないのが正解《せいかい》って……どういうこと？」

その堀江《ほりえ》くんの挑発《ちょうはつ》に乗《の》ったのは、気《き》の強《つよ》い蓮花《れんか》さんだ。

「だって冷静《れいせい》に考《かんが》えてみなよ。今残《いまのこ》ってる10人《にん》の中《なか》に、味方《みかた》である赤《あか》ずきんちゃんとおばあさんが隠《かく》れてるんだよ？　万《まん》が一《いち》どちらかを狙撃《そげき》しちゃったらどうするのさ。オウンゴールを決《き》めるつもり？」

「あ……っ！」

そこまで説明《せつめい》されて、蓮花《れんか》さんはようやく狙撃《そげき》する危険性《きけんせい》に思《おも》い至《いた》ったようだ。

「それにこのゲームは4ターン制《せい》。朝《あさ》と昼《ひる》が一巡《いちじゅん》するごとに2人《り》が減《へ》っていく。つまり毎《まい》回狙撃《かいそげき》してたら4ターン目終了時《めしゅうりょうじ》の生《い》き残《のこ》りは4人《にん》にまで減《へ》ってしまうんだ。赤《あか》ずきん、猟師《りょうし》、おばあさんの3人《にん》がそろって生《い》き残《のこ》る可能性《かのうせい》はかなり低《ひく》くなるよね」

堀江《ほりえ》くんは自分《じぶん》の考《かんが》えに酔《よ》っているのか、ペラペラと得意《とくい》げにしゃべり続《つづ》ける。

「だけどもしも猟師《りょうし》が狙撃《そげき》せずにいれば、4ターン目《め》の終了時《しゅうりょうじ》の生《い》き残《のこ》りは8人《にん》にまで増《ふ》やせる。人数《にんずう》が多《おお》ければ夜《よる》の投票《とうひょう》でも票《ひょう》がばらけやすくなるから、結果的《けっかてき》に赤《あか》ずきんちゃんチームが生《い》き残《のこ》る確率《かくりつ》も高《たか》くなるって寸法《すんぽう》さ」

「そ、そんな……っ！」

堀江《ほりえ》くんの説明《せつめい》を聞《き》くなり、蓮花《れんか》さんの顔色《かおいろ》は真《ま》っ青《さお》になった。

悔《くや》しいけど堀江《ほりえ》くんの指摘《してき》は正《ただ》しい。このゲーム、最初《さいしょ》は赤《あか》ずきんが不利《ふり》かと思《おも》ったけど4ターンしかないから、実《じつ》はプレイ次第《しだい》では赤《あか》ずきんちゃんチームはかなり有利《ゆうり》に戦《たたか》える。ちゃんとその辺《あた》りのバランスは考《かんが》えられているみたいなのだ。

「そ、そんなことクルンパは説明《せつめい》しなかったじゃない！　教《おし》えられてたら、あたし……っ！」

「教《おし》えられてたら何《なに》？　朝《あさ》のターンで瀬川《せがわ》くんを狙撃《そげき》しなかったのに？」

「っ‼」

堀江《ほりえ》くんの巧《たく》みなひっかけに、蓮花《れんか》さんは見事《みごと》にかかった。

私《わたし》や剣人《けんと》さん、戸坂《とさか》くん、潮《うしお》ちゃんは、はあ……と重《おも》いため息《いき》をつく。

「あちゃー、蓮花《れんか》ちゃんが猟師《りょうし》かいな……」

「あの態度《たいど》、バレバレ……ですね」

「見事《みごと》な墓穴掘《ぼけつほ》りだ……」

こうして自《みずか》ら猟師《りょうし》であることをバラしてしまった蓮花《れんか》さんは、2ターン目《め》の夜《よる》の投票《とうひょう》であっさり追放《ついほう》が決《き》まった。

電車《でんしゃ》を降《お》りるよう促《うなが》され、蓮花《れんか》さんは近《ちか》くの壁《かべ》をドカッと思《おも》いっきり蹴《け》った。

「何《なに》よ、このゲーム、ちょっと難《むずか》しすぎるわよ！　悔《くや》しい、悔《くや》しい、悔《くや》しい！」

「蓮花《れんか》さん！　ダメだよ、そんなことしたら足《あし》をケガしちゃう……」

「うっさいわね！　どうせあんたらも心《こころ》の中《なか》ではざまぁって思《おも》ってるんでしょ!?」

「！」

蓮花《れんか》さんはおにぎりの時《とき》みたいに、私《わたし》のことを鋭《するど》くにらみつけた。ひどく興奮《こうふん》しているせいで呼吸《こきゅう》が荒《あら》く、元々《もともと》キレイな顔《かお》をしているだけあって怒《いか》りの表情《ひょうじょう》もすごい迫力《はくりょく》だ。

「ふん、赤《あか》ずきんだとか狼《おおかみ》とかもうどうでもいいわ。このあたしが勝《か》てないなら、みんな負《ま》けちゃえばいい。特《とく》にホリエっち、あんたは絶対許《ぜったいゆる》さないからね！」

蓮花《れんか》さんはそう捨《す》て台詞《ぜりふ》を吐《は》いて、一人電車《ひとりでんしゃ》を降《お》りていった。

猟師役《りょうしやく》の蓮花《れんか》さんが脱落《だつらく》して、現在《げんざい》の残《のこ》り人数《にんずう》は９人《にん》。

私《わたし》は数少《かずすく》ない味方《みかた》である猟師役《りょうしやく》を失《うしな》った。


【2ターン目《め》・朝《あさ》】


蓮花《れんか》さんがいなくなったので朝《あさ》ターンの狙撃《そげき》はなく、新《あたら》しい脱落者《だつらくしゃ》は出《で》なかった。

堀江《ほりえ》くんはニコニコと上機嫌《じょうきげん》で、

「猟師役《りょうしやく》の子《こ》がバカで本当《ほんとう》に助《たす》かったー♪」

と軽《かる》く鼻歌《はなうた》を口《くち》ずさんでいる。

だけど堀江《ほりえ》くんの笑顔《えがお》は、私《わたし》の目《め》には醜《みにく》く映《うつ》った。

どうして？　他人《たにん》を陥《おとしい》れたばかりなのに、どうしてそんな楽《たの》しそうに笑《わら》えるの？　気《き》づけば私《わたし》は大声《おおごえ》で叫《さけ》んでいた。

「やめようよ！」

「……え？」

「そんな言《い》い方《かた》……やめようよ。蓮花《れんか》さんだって一生懸命《いっしょうけんめい》だったはずです。負《ま》けたくなかったはずです。その一生懸命《いっしょうけんめい》な気持《きも》ちをあざ笑《わら》う権利《けんり》なんて……誰《だれ》にもない！」

「妃名乃《ひなの》……」

私《わたし》の声《こえ》に驚《おどろ》いたのか、電車内《でんしゃない》は一瞬《いっしゅん》シーンとなった。剣人《けんと》さんがポンポンと軽《かる》く私《わたし》の肩《かた》を叩《たた》く。対《たい》する堀江《ほりえ》くんは、ひどくバツの悪《わる》そうな顔《かお》をしていた。

「ふ、ふんっ。そんなきれいごと、いつまで通用《つうよう》しますかね……」

「仕方《しかた》ないじゃない。誰《だれ》かを蹴落《けお》とさなきゃ生《い》き残《のこ》れないんだし……。ねぇ？」

向《む》かい側《がわ》に座《すわ》る堀江《ほりえ》くんや女《おんな》の子達《こたち》は、不満《ふまん》そうにヒソヒソとささやきあった。

なんだろう、この『赤《あか》ずきんちゃんを探《さが》せ！』というゲーム、人間《にんげん》として大事《だいじ》な何《なに》かを壊《こわ》していってるような気《き》がする。これもギロンパの作戦《さくせん》のうち、なのかな……。

そうしていよいよゲームは後半《こうはん》の3ターン目《め》に突入《とつにゅう》した。

積極的《せっきょくてき》にゲームをリードしてきた堀江《ほりえ》くんは、ここでまた爆弾発言《ばくだんはつげん》をする。

「じゃあ猟師《りょうし》がいなくなったんで名乗《なの》り出《で》るよ。実《じつ》はボク、ボス狼《おおかみ》なんだ！」

それは私《わたし》にとって、最悪《さいあく》な配役《はいやく》だった。よりにもよって頭《あたま》がよくて、ゲームに精通《せいつう》している堀江《ほりえ》くんがボス狼《おおかみ》だなんて……。

「で、ボクは1ターン目《め》、隣《となり》に座《すわ》ってるメガネの彼女《かのじょ》を占《うらな》いました」

「え？　私《わたし》？」

「彼女《かのじょ》は獣《けもの》——つまり狼《おおかみ》でした」

「あ、当《あ》たり前《まえ》よ。私《わたし》は赤《あか》ずきんじゃないですから！　そこのところよろしく！」

メガネの女《おんな》の子《こ》はうんうんとうなずいて、自分《じぶん》が赤《あか》ずきんじゃないことをアピールする。

「それから2ターン目《め》、ボクはガタイのいい彼《かれ》を占《うらな》いました！」

「………、オレ？」

次《つぎ》に堀江《ほりえ》くんが指《ゆび》さしたのは剣人《けんと》さんだった。バクン！　と心臓《しんぞう》が大《おお》きく跳《は》ねる。

「彼《かれ》も狼《おおかみ》でした。つまりボク、メガネの彼女《かのじょ》、彼《かれ》の3人《にん》は狼《おおかみ》チームです。これで赤《あか》ずきんちゃんは残《のこ》り6人《にん》まで絞《しぼ》られたことになります」

（剣人《けんと》さんは、狼《おおかみ》……）

確率的《かくりつてき》に言《い》えば当《あ》たり前《まえ》なのに、剣人《けんと》さんが狼《おおかみ》だという事実《じじつ》に私《わたし》はショックを受《う》けた。

剣人《けんと》さんだけは私《わたし》の味方《みかた》でいてくれるような……。そんな勝手《かって》な希望《きぼう》を抱《いだ》いていたから。

「ちょっと待《ま》ってぇな。ホリエっち、あんさんウソついてへん？」

だけどこのタイミングで、堀江《ほりえ》くんに異議《いぎ》を唱《とな》える人《ひと》がいた。戸坂《とさか》くんだ。

堀江《ほりえ》くんはムッとして、戸坂《とさか》くんを鋭《するど》い目《め》でにらみ返《かえ》す。

「それ、どーゆー意味《いみ》？」

「言葉《ことば》どおりの意味《いみ》や。あんさん、ホンマはボス狼《おおかみ》やないやろ？」

「は？」

「だってほんまのボス狼《おおかみ》はオレやもん」

「えっ⁉」

「そ、そうなの⁉」

戸坂《とさか》くんの発言《はつげん》は、私《わたし》だけでなくその場《ば》にいる全員《ぜんいん》を驚《おどろ》かせた。

堀江《ほりえ》くんじゃなくて戸坂《とさか》くんがボス狼《おおかみ》？　一体《いったい》どっちの言《い》ってることが本当《ほんとう》なの？

みんなが頭《あたま》の上《うえ》にはてなマークを浮《う》かべる中《なか》、潮《うしお》さんがクルンパに質問《しつもん》する。

「ねぇクルンパ、ボス狼役《おおかみやく》って二人《ふたり》いるの？」

「いえいえ、ボス狼《おおかみ》は一人《ひとり》だけだクル。つまりこの場合《ばあい》、堀江《ほりえ》くんと戸坂《とさか》くん、どちらがウソをついているということになるクルねー☆」

「どちらかが……ウソ……」

電車《でんしゃ》の中《なか》は再《ふたた》び静《しず》まり返《かえ》り、みんなの視線《しせん》が堀江《ほりえ》くんと戸坂《とさか》くんに集中《しゅうちゅう》した。

最初《さいしょ》はポカンとしていた堀江《ほりえ》くんも、すぐに目《め》をつり上《あ》げて反論《はんろん》し始《はじ》める。

「ふざけないでくれ、そういう君《きみ》こそウソをついてる」

「ついてへんて。オレがほんまにボス狼《おおかみ》やもん。ホリエっちこそ実《じつ》は赤《あか》ずきんなんやないの？　ボス狼《おおかみ》と名乗《なの》り出《で》て、みんなを騙《だま》そうとしているように見《み》えるわ」

「さっきからなんなんだ、人《ひと》を赤《あか》ずきん呼《よ》ばわりして！　そこまで言《い》うなら占《うらな》いの結果《けっか》を言《い》ってみろ！　ボス狼《おおかみ》なら他《ほか》のプレイヤーの正体《しょうたい》を占《うらな》えたはずだ！」

堀江《ほりえ》くんは唾《つば》を飛《と》ばしながら大声《おおごえ》で怒鳴《どな》った。その様子《ようす》を見守《みまも》る私《わたし》や剣人《けんと》さん、向《む》かい側《がわ》に座《すわ》る女《おんな》の子達《こたち》も、思《おも》いもしなかった展開《てんかい》にパニクってる。

「占《うらな》いの結果《けっか》か。実《じつ》はオレも1ターン目《め》は剣人《けんと》を占《うらな》ったんや。そしたら狼《おおかみ》だったわ」

「ふん、どうせボクの答《こた》えを真似《まね》してるんだろ」

「それから2ターン目《め》はヒナちゃんを占《うらな》った。ヒナちゃんも狼《おおかみ》やった」

「！」

だけど戸坂《とさか》くんの答《こた》えを聞《き》いて、私《わたし》は瞬時《しゅんじ》に悟《さと》った。

違《ちが》う。ウソをついているのは堀江《ほりえ》くんじゃなく……戸坂《とさか》くんのほうだ。

だって私《わたし》は狼《おおかみ》じゃない。みんなが探《さが》してる赤《あか》ずきんなんだから……！

（あ……ということはつまり、戸坂《とさか》くんはおばあさん役《やく》？　赤《あか》ずきんの味方《みかた》なの⁉）

私《わたし》は戸坂《とさか》くんの正体《しょうたい》に気《き》づいて、大《おお》きく目《め》を見開《みひら》いた。

後半《こうはん》に差《さ》し掛《か》かった3ターン目《め》、ボス狼役《おおかみやく》の堀江《ほりえ》くんが名乗《なの》り出《で》たから、おばあさん役《やく》の戸坂《とさか》くんは、みんなを混乱《こんらん》させるチャンスと踏《ふ》んで、自分《じぶん》もボス狼《おおかみ》だと名乗《なの》り出《で》た。

もしこの作戦《さくせん》がうまくいけば、一番目障《いちばんめざわ》りな堀江《ほりえ》くんを脱落《だつらく》させることができる。

つまり一石二鳥《いっせきにちょう》を狙《ねら》って、戸坂《とさか》くんはここで勝負《しょうぶ》に出《で》たんだ！

「とにかくこれでわかったぞ。ボクがボス狼《おおかみ》なんだから、この関西弁《かんさいべん》は赤《あか》ずきんちゃんかおばあさんのどちらかだ！」

「同《おな》じセリフ、そっくりそのまま返《かえ》すで。みんな、騙《だま》されたらあかん。ほんまの敵《てき》はホリエっちや！」

戸坂《とさか》くんと堀江《ほりえ》くんはお互《たが》いに指《ゆび》をさしあって、こいつが敵《てき》だと訴《うった》え続《つづ》けた。二人《ふたり》ともものすごい勢《いきお》いでしゃべるから、他《ほか》のみんなは口《くち》が挟《はさ》めなくてオロオロするばかり。

（どうしよう、ここで私《わたし》も戸坂《とさか》くんをかばって何《なに》か言《い》ったほうがいい？　だけど余計《よけい》なこと言《い》って赤《あか》ずきんだとバレたら、戸坂《とさか》くんもその時点《じてん》で負《ま》けになる……）

緊迫《きんぱく》した空気《くうき》の中《なか》、じわりと皮膚《ひふ》の奥《おく》から汗《あせ》が滲《にじ》んでくるような気《き》がした。激《はげ》しかった鼓動《こどう》がさらに高《たか》まって、心臓《しんぞう》が今《いま》にも破《やぶ》けそう。

「はい、制限時間《せいげんじかん》でクル！　皆《みな》さん、赤ずきんだと思《おも》う人物《じんぶつ》に投票《とうひょう》するだクル♪」

そして戸坂《とさか》くん達《たち》が言《い》い争《あらそ》っているうちに、あっという間《ま》に制限時間《せいげんじかん》が来《き》てしまった。

私《わたし》は堀江《ほりえ》くんに投票《とうひょう》する。剣人《けんと》さんと潮《うしお》さんも難《むずか》しい顔《かお》で考《かんが》え込《こ》んでいるけど、多分堀《たぶんほり》江《え》くんに投票《とうひょう》してくれると思《おも》う。これで堀江《ほりえ》くんには最低《さいてい》でも4票《ひょう》が集《あつ》まるはず……。

「はい、脱落者《だつらくしゃ》が決定《けってい》したクル。プレイヤー番号《ばんごう》7786番《ばん》の戸坂勝真《とさかしょうま》くん。5票集《ひょうあつ》めたあなたには途中下車《とちゅうげしゃ》してもらうクル～」

「……はぁ、マジかよ」

だけど結果《けっか》は、わずかな差《さ》で戸坂《とさか》くんが負《ま》けてしまった。堀江《ほりえ》くんと向《む》かい側《がわ》の女《おんな》の子《こ》達全員《たちぜんいん》、それと不運《ふうん》にもムサシのランダム票《ひょう》が戸坂《とさか》くんに入《はい》ってしまったみたいだ。

ボス狼《おおかみ》だと言《い》い出《だ》したのも戸坂《とさか》くんのほうが遅《おそ》かったから、信《しん》ぴょう性《せい》に欠《か》けてしまったのかもしれない。これで私《わたし》は猟師《りょうし》に続《つづ》き、唯一《ゆいいつ》の味方《みかた》だったおばあさんも失《うしな》ってしまった。

「ほな無念《むねん》だけど降《お》りるわ。オレとしたことが詰《つ》めが甘《あま》かったわー」

「と、戸坂《とさか》くん……」

「あんじょう気張《きば》りや、ヒナちゃん」

「……」

怒《いか》りで爆発《ばくはつ》していた蓮花《れんか》さんとは対照的《たいしょうてき》に、戸坂《とさか》くんはあっさり電車《でんしゃ》を降《お》りていった。

なんだか意外《いがい》だった。だって借《か》り物競走《ものきょうそう》の時《とき》は、自分《じぶん》が生《い》き残《のこ》るために、あれだけあっさり私達《わたしたち》を裏切《うらぎ》ったのに。

(もしかしたら戸坂《とさか》くん、ボス狼役《おおかみやく》だとウソをついた時《とき》から、負《ま》ける覚悟《かくご》をしていたの？　本当《ほんとう》の戸坂《とさか》くんはちゃんと他人《たにん》を思《おも》いやれる人《ひと》……なのかもしれない)

そう考《かんが》えると戸坂《とさか》くんという人《ひと》の本質《ほんしつ》が見《み》えてくるような気《き》がした。

ギルティゲームという最悪《さいあく》な状況《じょうきょう》に追《お》い込《こ》まれて、自分《じぶん》の命《いのち》を守《まも》ることだけに必死《ひっし》だった戸坂《とさか》くん。だけど赤《あか》ずきんちゃんを守《まも》るおばあさん役《やく》になって、他人《たにん》を思《おも》いやることの大切《たいせつ》さを思《おも》い出《だ》したのかもしれない……。

「イエス……イエス！　正義《せいぎ》は必《かなら》ず勝《か》つ!!　みんなボクを信《しん》じてくれてありがとぉ〜♪」

一方《いっぽう》の堀江《ほりえ》くんは満面《まんめん》の笑顔《えがお》で女子《じょし》グループと握手《あくしゅ》を交《か》わしていた。よっぽどうれしいのか、異常《いじょう》なほどハイテンションになっている。

これでゲームの残《のこ》り人数《にんずう》は8人《にん》になった。

【3ターン目《め》・朝《あさ》】

（落《お》ち着《つ》いて、落《お》ち着《つ》くんだよ、妃名乃《ひなの》。私《わたし》はまだ負《ま》けたわけじゃない……）

3ターン目《め》の朝《あさ》。私《わたし》は必死《ひっし》にポーカーフェイスを作《つく》りながら、自分《じぶん》を励《はげ》ました。

赤《あか》ずきんの味方《みかた》はいなくなったけど、電車《でんしゃ》にはまだ8人残《にんのこ》っている。つまり投票《とうひょう》で選《えら》ばれる確率《かくりつ》は8分《ぶん》の1。あと1ターン頑張《がんば》れば、狼《おおかみ》チームの追求《ついきゅう》から逃《に》げきれる……はず。

「よぉっし、じゃあ次行《つぎい》きましょう、次《つぎ》！」

だけどやっぱり堀江《ほりえ》くんが私《わたし》の前《まえ》に立《た》ちはだかった。堀江《ほりえ》くんはキラリと目《め》を光《ひか》らせると、

「よし、じゃあ次《つぎ》はあの子《こ》を占《うらな》う！」

と私《わたし》のことを指《ゆび》さしたのだ。

（わ、私《わたし》!?　そんな……今《いま》ここで占《うらな》われたら、一発《いっぱつ》で赤《あか》ずきんだってバレちゃうよ！）

この時《とき》の私《わたし》の心境《しんきょう》を、一体《いったい》なんて説明《せつめい》したらいいだろう。

諦《あきら》め、焦《あせ》り、苦悩《くのう》、絶望《ぜつぼう》――。ありとあらゆる負《ふ》の感情《かんじょう》に巻《ま》き込《こ》まれて気《き》を失《うしな》いそうになる。裁判《さいばん》で死刑判決《しけいはんけつ》を受《う》けた被告人《ひこくにん》って、多分《たぶん》こんな気持《きも》ちなんだろうな……。

「お、おい、妃名乃《ひなの》……」

「妃名乃《ひなの》……さん？」

「クゥ〜ン……」

尋常《じんじょう》じゃない私《わたし》の様子《ようす》に気《き》づいたのか、剣人《けんと》さんと潮《うしお》さんの声《こえ》も心《こころ》なしか震《ふる》えてた。

だめだ、今度《こんど》こそ……今度《こんど》こそ本当《ほんとう》に終《お》わった——


『ほいほーい、またまたチョロンパの登場《とうじょう》だチョロ〜！　ゲームを楽《たの》しんでるみんなにお知《し》らせでーす。ジャジャジャーン！　ここで特別《とくべつ》ルール発動《はつどう》！　名《な》づけてシャッフルタイム！　配役《はいやく》カードを改《あらた》めて配《くば》り直《なお》すチョロ——☆』


だけどその時《とき》チョロンパがモニターに現《あらわ》れて、突然《とつぜん》のルール変更《へんこう》を宣言《せんげん》した。

え？　このタイミングで配役《はいやく》カードを再《さい》シャッフル？　……ということは……。

よ、よかった！　もしそれが本当《ほんとう》なら私《わたし》は赤《あか》ずきんちゃん役《やく》から解放《かいほう》される！

正体《しょうたい》がばれてウラシマッチ100年分《ねんぶん》を打《う》たれる……という恐怖《きょうふ》からも抜《ぬ》け出《だ》せる！

私《わたし》はムサシにぎゅっと抱《だ》きついた。

「ちょっ、ちょっと待《ま》て！　それじゃあ結局《けっきょく》ただの8択問題《たくもんだい》になるじゃないか！」

『はぁ？　そんなのゲームが面白《おもしろ》ければどうでもいいチョロ！　おまえらプレイヤーは黙《だま》ってこのチョロンパ様《さま》の指示《しじ》に従《したが》え〜！……だチョロ!!』

「そ、そんなぁ……！」

堀江《ほりえ》くんは涙目《なみだめ》になりながら、がっくりとうなだれた。

次《つぎ》の瞬間《しゅんかん》、モニターの画面《がめん》が突然切《とつぜんき》り替《か》わって、他《ほか》の電車《でんしゃ》に乗《の》っているプレイヤー達《たち》の様子《ようす》が生中継《なまちゅうけい》される。

《ふざけるな、いいかげんにしろ、チョロンパ！》

《あともう少《すこ》しで狼《おおかみ》チームが勝《か》てそうなのに、なんてことするのよ！》

『ウキョキョ～、負《ま》け犬《いぬ》の遠吠《とおぼ》えは聞《き》いていて心地《ここち》いいチョロ～♪』

どんなに文句《もんく》を言《い》われても、チョロンパは一人涼《ひとりすず》しい顔《かお》をしていた。この様子《ようす》だと他《ほか》の電車《でんしゃ》でも、チョロンパによるカードの再《さい》シャッフルが行《おこな》われたみたいだ。

突然《とつぜん》こんな意地悪《いじわる》なルールを発動《はつどう》するということは、元々私達《もともとわたしたち》を勝《か》たせる気《き》がないんだな……と私《わたし》は改《あらた》めて思《おも》う。

だけどギルティゲームはチョロンパやクルンパの言《い》うことが絶対《ぜったい》。

ウラシマッチがある限《かぎ》り、どれだけ理不尽《りふじん》だろうと逆《さか》らえないのだ。

「それじゃあみんな、もう一度《いちど》カードを配《くば》り直《なお》すクル。手元《てもと》のスマホで新《あたら》しい役《やく》を確認《かくにん》してほしいクル～」

そうして有無《うむ》を言《い》わさず、カードの再《さい》シャッフルが行《おこな》われた。

少《すこ》し心《こころ》に余裕《よゆう》ができた私《わたし》は、今度《こんど》こそ狼役《おおかみやく》だろうと予想《よそう》してスマホを見《み》る。

☆プレイヤー番号《ばんごう》6577番《ばん》　加納妃名乃《かのうひなの》　配役《はいやく》『赤《あか》ずきん』

（——……、えっ!?　ま、また私《わたし》が赤《あか》ずきんちゃん役《やく》!?　ウソでしょっ？）

だけど予想《よそう》とは裏腹《うらはら》に、２回連続《かいれんぞく》で私《わたし》が赤《あか》ずきん役《やく》に選《えら》ばれてしまった！

な、なんで私《わたし》ばっかりこんな目《め》に遭《あ》うの……。

私《わたし》は今日《きょう》という日《ひ》ほど、自分《じぶん》の運《うん》の悪《わる》さを呪《のろ》ったことはない。

「はい、ではみんな一人《ひとり》ずつ車掌室《しゃしょうしつ》に入《はい》るだクル〜。新《あたら》しくボス狼役《おおかみやく》は中《なか》で占《うらな》いを行《おこな》えるクルよー」

一方《いっぽう》、クルンパは２回連続《かいれんぞく》で赤《あか》ずきんに選《えら》ばれた私《わたし》の気持《きも》ちなどお構《かま》いなく、着々《ちゃくちゃく》と司《し》会進行役《かいしんこうやく》をこなすのだった。


【4ターン目《め》・夜《よる》】

そうしていよいよ最後《さいご》の夜《よる》のターンがやってきた。狼《おおかみ》チームが赤《あか》ずきんを見《み》つけられなければ、このターンでゲーム終了《しゅうりょう》となる。

みんなが私《わたし》を赤《あか》ずきんと見破《みやぶ》るか。それとも私《わたし》がみんなを騙《だま》しきるか。

そのどちらか一《ひと》つの道《みち》しかない。

「おい、次《つぎ》のボス狼《おおかみ》、誰《だれ》だよ！」

土壇場《どたんば》でチョロンパにカードを再《さい》シャッフルされ、堀江《ほりえ》くんはすっかり不機嫌《ふきげん》になっていた。しかもどうやらボス狼役《おおかみやく》は彼《かれ》じゃなくなったようだ。

猟師《りょうし》とおばあさん役《やく》がいなくなったから、シャッフルされたカードは赤《あか》ずきんちゃん1枚《まい》、ボス狼《おおかみ》1枚《まい》、ただの狼《おおかみ》6枚《まい》……のはず。カギを握《にぎ》るのはやっぱりボス狼役《おおかみやく》だ。

「おい、ボス狼《おおかみ》、早《はや》く名乗《なの》り出《で》ろって！　もう残《のこ》り時間少《じかんすく》ないんだぞ!!」

「……」

「……」

「……」

堀江《ほりえ》くんは再度急《さいどせ》かすけど、なぜかボス狼《おおかみ》だと名乗《なの》り出《で》る人《ひと》はいない。

「おい、なんで名乗《なの》り出《で》ないんだよ!?　今《いま》こそボス狼《おおかみ》の占《うらな》いの結果《けっか》が必要《ひつよう》なんだ！　再《さい》シャッフルの後《あと》、誰《だれ》かを占《うらな》ったはずだろ？」

シーン……。

だけどやっぱりボス狼《おおかみ》は名乗《なの》り出《で》なくて、向《む》かい側《がわ》の女《おんな》の子達《こたち》も「どうして……」とざわざわし始《はじ》めた。

「おい、君達《きみたち》、まさか仲間《なかま》をかばってるんじゃないだろうな⁉」

堀江《ほりえ》くんがキレ気味《ぎみ》に私達《わたしたち》を指《ゆび》させば、

「それはこっちのセリフだ。そっち側《がわ》の席《せき》に赤《あか》ずきんがいるかもしれないだろ」

と腕組《うでぐ》みした剣人《けんと》さんが、強気《つよき》に言《い》い返《かえ》す。

話《はな》し合《あ》いはいつまでたっても平行線《へいこうせん》で、車内《しゃない》にはピーンと緊張《きんちょう》の糸《いと》が張《は》り詰《つ》めた。

「わかってるのか？　このターンで赤《あか》ずきんを見《み》つけられなきゃ、ボク達《たち》はまた無限駅《むげんえき》に逆戻《ぎゃくもど》りだ。それでまた延々《えんえん》ゲームをやらされるのか？　延々《えんえん》ウラシマッチの恐怖《きょうふ》に震《ふる》えなきゃいけないのかよ？」

「そ、そんなのは、いや……」

「無限駅《むげんえき》には、帰《かえ》りたくないよ……」

堀江《ほりえ》くんだけじゃなく女《おんな》の子達《こたち》もしくしくと泣《な》きだした。

窓《まど》の外《そと》を見《み》ると、真《ま》っ暗闇《くらやみ》の荒野《こうや》。今走《いまはし》ってる線路《せんろ》が本当《ほんとう》に現実世界《げんじつせかい》に繋《つな》がっているのかどうかさえ誰《だれ》にもわからない。

それでもこの電車《でんしゃ》に乗《の》り続《つづ》けている限《かぎ》り、元《もと》の世界《せかい》に帰《かえ》れるはずだと、その希望《きぼう》にみんなはすがってる。希望《きぼう》を叶《かな》えるためには、たった一人《ひとり》の生贄《いけにえ》を捧《ささ》げるだけでいい。

「おい、赤《あか》ずきん、聞《き》いてるか？　こうなったら赤《あか》ずきん自《みずか》らが名乗《なの》り出《で》てくれよ！　君《きみ》一人《ひとり》が犠牲《ぎせい》になれば、ボク達全員元《たちぜんいんもと》の世界《せかい》に帰《かえ》れるんだ。そうしたら君《きみ》は英雄《えいゆう》だ！　ボク達《たち》は死《し》ぬまで君《きみ》に感謝《かんしゃ》する。約束《やくそく》するよ‼」

「っ‼」

堀江《ほりえ》くんはとうとうボス狼《おおかみ》じゃなく、赤《あか》ずきんである私《わたし》に直接訴《ちょくせつうった》えかけてきた。

その言葉《ことば》は鋭《するど》い針《はり》となって、私《わたし》の心《こころ》に突《つ》き刺《さ》さる。

（ここで私一人《わたしひとり》が犠牲《ぎせい》になれば、みんなの命《いのち》は助《たす》かる。私《わたし》が全《すべ》てを諦《あきら》めれば、剣人《けんと》さんや潮《うしお》さん、ここにいるみんなは元《もと》の世界《せかい》に帰《かえ》れる……）

それは私一人《わたしひとり》が生《い》き残《のこ》るよりも素晴《すば》らしいことのように思《おも》えた。

一人《ひとり》よりも8人《にん》の命《いのち》……どちらが重《おも》いかなんて、考《かんが》えなくてもわかる。

赤《あか》ずきんだと名乗《なの》り出《で》るべきか、それともこのまま口《くち》を閉《と》ざし続《つづ》けるべきか。私《わたし》の心《こころ》は二《ふた》つの間《あいだ》でゆらゆら揺《ゆ》れ動《うご》いた。

（ど、どうしよう、私《わたし》、どうしたらいいの？　お姉《ねえ》ちゃん……お姉《ねえ》ちゃん！）

深《ふか》くうつむいたまま、ここにはいないお姉《ねえ》ちゃんに助《たす》けを求《もと》めた。でも当然《とうぜん》お姉《ねえ》ちゃんからの答《こた》えは返《かえ》ってこない。

——その時《とき》だった。

「いい加減《かげん》にしろ。誰《だれ》かの命《いのち》を犠牲《ぎせい》にして助《たす》かったとしても、そんな選択《せんたく》はいずれ後悔《こうかい》する。命《いのち》だけ助《たす》かっても、意味《いみ》がないだろ」

「！」

剣人《けんと》さんが先《さき》ほどよりも重《おも》い口調《くちょう》で、再《ふたた》び堀江《ほりえ》くんに反論《はんろん》したのだ。

剣人《けんと》さんの瞳《ひとみ》はどこまでもまっすぐで、凛《りん》とした光《ひかり》で輝《かがや》いている。

「な……、どういう意味《いみ》だよ」

「言葉《ことば》どおりの意味《いみ》だ。確《たし》かに赤《あか》ずきんを生贄《いけにえ》に差《さ》し出《だ》せばオレ達《たち》は元《もと》の世界《せかい》に帰《かえ》れる。だけど他人《たにん》を見殺《みごろ》しにしたという事実《じじつ》は、これから一生《いっしょう》オレ達《たち》について回《まわ》る」

「そ、それは……」

剣人《けんと》さんの主張《しゅちょう》に、堀江《ほりえ》くんはグッと言葉《ことば》を詰《つ》まらせた。

「これからどれだけ楽《たの》しいことがあっても、どれだけうれしいことがあっても、その度《たび》に赤《あか》ずきんを犠牲《ぎせい》にしたことを思《おも》い出《だ》して、後《うし》ろめたい気分《きぶん》になるんだ。多分《たぶん》……一生《いっしょう》。おまえら、そんな最悪《さいあく》な人生《じんせい》を歩《あゆ》みたいのかよ」

「……」

剣人《けんと》さんの厳《きび》しい問《と》いかけに、イエスと答《こた》えられる者《もの》はいない。

「だから命《いのち》だけ助《たす》かってもダメなんだ。それは本当《ほんとう》の意味《いみ》で助《たす》かったとは言《い》えない。他人《たにん》を犠牲《ぎせい》にするくらいなら、オレはギロンパと真正面《ましょうめん》から戦《たたか》う道《みち》を選《えら》ぶ」

「………っ！」

剣人《けんと》さんの力強《ちからづよ》い言葉《ことば》に、私《わたし》の心《こころ》は大《おお》きく衝《つ》き動《うご》かされた。

ああ、なんて強《つよ》い人《ひと》なんだろう、剣人《けんと》さんは。

この最悪《さいあく》なギルティゲームの中《なか》でも、剣人《けんと》さんの勇気《ゆうき》は決《けっ》してなくならない。

初《はじ》めて出会《であ》った時《とき》の姿《すがた》そのまま、信念《しんねん》を持《も》って戦《たたか》い続《つづ》ける人《ひと》なんだ。

それに剣人《けんと》さんの言葉《ことば》はギルティゲームで壊《こわ》されようとしていた大事《だいじ》な何《なに》かを、もう一《いち》度《ど》私達《わたしたち》に思《おも》い出《だ》させてくれた。

「なんか……ステキ……」

「悔《くや》しいけど、彼《かれ》の言《い》ってること、カッコいいよね」

私《わたし》と同《おな》じことを思《おも》ったのか、向《む》かい側《がわ》の女《おんな》の子達《こたち》もほんのり頬《ほお》を染《そ》めて、剣人《けんと》さんをハートの目《め》で見《み》つめてた。私《わたし》の隣《となり》に座《すわ》ってた潮《うしお》さんも、

「剣人《けんと》さん、強《つよ》い人《ひと》ですね」

「は、はい……」

「〝命《いのち》だけ助《たす》かってもダメなんだ〟。この言葉《ことば》、潮《うしお》も心《こころ》に刻《きざ》みます」

と、目《め》を細《ほそ》めながらうなずいた。

「では制限時間《せいげんじかん》が終了《しゅうりょう》したので、最後《さいご》の投票《とうひょう》に移《うつ》るでクル～♪」

こうして4回目《かいめ》の夜《よる》のターンは終《お》わり、最後《さいご》の投票《とうひょう》が行《おこな》われた。

その結果《けっか》、剣人《けんと》さんに一票《いっぴょう》（多分入《たぶんい》れたのは堀江《ほりえ》くん）、堀江《ほりえ》くんに7票《ひょう》……。

最後《さいご》の投票《とうひょう》はなぜか男子二人《だんしふたり》の人気投票《にんきとうひょう》みたいになってしまい、堀江《ほりえ》くんは圧倒的大差《あっとうてきたいさ》で敗《やぶ》れてしまった。

「な、なぜだぁっ⁉　やっぱり最後《さいご》はイケメンが正義《せいぎ》なのかぁ～～～～っ⁉」

堀江《ほりえ》くんは顔《かお》を真《ま》っ赤《か》にしながら、悔《くや》し涙《なみだ》を流《なが》していた。

そしてこの時点《じてん》で赤《あか》ずきんだった私《わたし》は一人勝《ひとりか》ち抜《ぬ》けることになった。

「それでは最後《さいご》にみんなが探《さが》してた赤《あか》ずきんちゃん役《やく》の発表《はっぴょう》です！　パンパカパーン！　加納妃名乃《かのうひなの》ちゃん、おめでとうクル～♪　見事《みごと》にみんなをだましきったお祝《いわ》いとして特別《とくべつ》チケットをプレゼントだクル～☆」

『赤《あか》ずきんちゃんを探《さが》せ！』終了《しゅうりょう》と共《とも》に、私《わたし》は『快速《かいそく》・現実行《げんじつい》き』と書《か》かれたチケットをクルンパから渡《わた》された。逆《ぎゃく》に狼《おおかみ》チームの剣人《けんと》さんや潮《うしお》さん、ムサシ、堀江《ほりえ》くん、女《おんな》の子達《こたち》は次《つぎ》の駅《えき》で強制的《きょうせいてき》に電車《でんしゃ》を降《お》ろされる。

「くっそー、やっぱりあの子《こ》が赤《あか》ずきんだったんじゃないかぁ！」

堀江《ほりえ》くんは私《わたし》を指《ゆび》さしながら叫《さけ》んでいたけど、みんなの視線《しせん》から隠《かく》すように剣人《けんと》さんが私《わたし》の前《まえ》に立《た》つ。

「気《き》にするな、妃名乃《ひなの》。おまえは堂々《どうどう》と一人《ひとり》で帰《かえ》ればいい」

「そうです、ムサシのことは潮《うしお》たちに任《まか》せて下《くだ》さい。必《かなら》ず守《まも》りますから」

「クーン……、ワンワン！」

私《わたし》が赤《あか》ずきんだとわかっても、剣人《けんと》さんも潮《うしお》さんもなぜか驚《おどろ》かなかった。

ううん、それどころか心《こころ》からホッとしたような笑顔《えがお》を見《み》せる。

失礼《しつれい》だと思《おも》ったけど、私《わたし》は剣人《けんと》さんの制服《せいふく》のポケットに手《て》を突《つ》っ込《こ》み、

「ちょっとスマホ見《み》せて下《くだ》さい！」

「あ、おいっ！」

と強引《ごういん》にスマホを奪《うば》った。案《あん》の定《じょう》、画面《がめん》には再《さい》シャッフルされた『ボス狼《おおかみ》』のカードが映《うつ》っていて……。

「や、やっぱり……」

「……」

そう……ボス狼《おおかみ》はやっぱり剣人《けんと》さん。彼《かれ》はきっと、私《わたし》の正体《しょうたい》を占《うらな》っていた。

もしかしたら潮《うしお》さんも、私《わたし》が赤《あか》ずきんだってうすうす気《き》づいてたのかもしれない。

「妃名乃《ひなの》、気《き》をつけて帰《かえ》れよ。それがオレの望《のぞ》みだから」

「！」

「そうですよ、妃名乃《ひなの》ちゃん。帰《かえ》れる時《とき》に帰《かえ》らなきゃ」

二人《ふたり》は私《わたし》が赤《あか》ずきんだと知《し》りながら、私《わたし》を堀江《ほりえ》くんからかばってくれた。

私《わたし》を助《たす》けるためにわざとゲームに負《ま》けてくれたんだ。

しかも別《わか》れの時《とき》もこうして、笑顔《えがお》で私《わたし》を見送《みおく》ろうとしてくれている。

「で、でもこのままじゃ剣人《けんと》さんと潮《うしお》さんが……。ム、ムサシだって……」

「ワン！」

でも私《わたし》がまごまごしている間《あいだ》に、ムサシまで電車《でんしゃ》を降《お》りてしまう。あっという間《ま》に反対《はんたい》側《がわ》のホームに無限駅行《むげんえきい》きの列車《れっしゃ》がやってきて、剣人《けんと》さん達《たち》は乗《の》り込《こ》んだ。

「じゃあな、妃名乃《ひなの》！　短《みじか》い間《あいだ》だったけど、おまえに会《あ》えてよかった！」

「け、剣人《けんと》さん……潮《うしお》さん！」

「妃名乃《ひなの》ちゃん、必《かなら》ずですよ。必《かなら》ず元《もと》の世界《せかい》に帰《かえ》って下《くだ》さぁい！」

「ワオォーーンッ！」

「ム、ムサシーーッ！」

私《わたし》を乗《の》せた電車《でんしゃ》と剣人《けんと》さん達《たち》を乗《の》せた電車《でんしゃ》は同時《どうじ》に発車《はっしゃ》し、正反対《せいはんたい》の線路《せんろ》を走《はし》りだした。

剣人《けんと》さんは窓《まど》から大《おお》きく身《み》を乗《の》り出《だ》して、いつまでもいつまでも私《わたし》に向《む》かって手《て》を振《ふ》ってくれた……。

◇◆◇◇◆◇

「……うっ、ヒック……ヒック……」

——ガタン……ゴトン……。ガタン、ゴトン……。

私《わたし》は今《いま》、無限駅《むげんえき》に連《つ》れてこられた時《とき》のように、電車《でんしゃ》に揺《ゆ》られていた。

だけど来《き》た時《とき》とは違《ちが》う。唯一《ゆいいつ》の友達《ともだち》だったムサシは、もうそばにいない。

突然《とつぜん》ひとりぼっちになってしまった私《わたし》は、両手《りょうて》で顔《かお》を覆《おお》って激《はげ》しく泣《な》きじゃくる。

「なんで泣《な》いてるクル？　妃名乃《ひなの》ちゃんはギルティゲームに勝《か》ったんだクル。参加《さんか》してわずか1日目《にちめ》で脱出《だっしゅつ》できるなんてラッキーでクル～☆」

そんな私《わたし》の目《め》の前《まえ》に立《た》ったのは……車掌《しゃしょう》のクルンパだ。

確《たし》かに私《わたし》はすごくラッキーなんだろう。こんなに早《はや》くゲームをクリアできたんだから。

だけど元《もと》の世界《せかい》に帰《かえ》れるというのに、なぜかちっともうれしくない。むしろ時間《じかん》が経《た》つごとに胸《むね》の苦《くる》しさが増《ま》していって、呼吸《こきゅう》するのも辛《つら》くなってきた。

「ここで一人《ひとり》で帰《かえ》っちゃえばいいクル。誰《だれ》も責《せ》めないクル」

こんな時《とき》に限《かぎ》ってクルンパは、優《やさ》しい声《こえ》で私《わたし》に語《かた》りかけてくる。

「でも本当《ほんとう》に？　本当《ほんとう》にこのまま私一人《わたしひとり》で帰《かえ》っていい……の？」

「いいに決《き》まってるクル。それとも妃名乃《ひなの》ちゃんはもう一度《いちど》ウラシマッチを打《う》たれたいでクルか？」

「そ、それはいや！　だけど剣人《けんと》さんや潮《うしお》さんは無限駅《むげんえき》に戻《もど》っちゃった、し……」

「彼《かれ》らはほんの数時間前《すうじかんまえ》に出会《であ》ったばかりの通《とお》りすがりでクル。なぜそこまで気《き》にするクル？　それとも縁《えん》もゆかりもない通《とお》りすがりのために、まさか途中《とちゅう》で電車《でんしゃ》を降《お》りて、無限《むげん》駅《えき》に戻《もど》るつもりではないクルね？」

「え？　無限駅《むげんえき》に……戻《もど》る？」

クルンパの言葉《ことば》を聞《き》いて、私《わたし》は顔《かお》を上《あ》げた。

途中《とちゅう》で電車《でんしゃ》を降《お》りて無限駅《むげんえき》に戻《もど》る？　そんなことが可能《かのう》なの？

クルンパから予想外《よそうがい》の選択肢《せんたくし》を提案《ていあん》されて、私《わたし》の心《こころ》は大《おお》きく揺《ゆ》れ始《はじ》める。

そして迷《まよ》い始《はじ》めると、剣人《けんと》さんのあの言葉《ことば》も脳裏《のうり》に浮《う》かんできた。

『誰《だれ》かの命《いのち》を犠牲《ぎせい》にして助《たす》かったとしても、そんな選択《せんたく》はいずれ後悔《こうかい》する。命《いのち》だけ助《たす》かっても、意味《いみ》がないだろ』

自分《じぶん》の命《いのち》が懸《か》かったゲームの最中《さいちゅう》、剣人《けんと》さんはそうきっぱりと言《い》った。

本当《ほんとう》は剣人《けんと》さんだってギルティゲームから逃《に》げ出《だ》したかったはずだ。生《い》き延《の》びるために

は、私《わたし》を赤《あか》ずきんだとバラしたほうがいいんじゃないかと、迷《まよ》いもしたはずだ。

だけど彼《かれ》は渦巻《うずま》く感情《かんじょう》と理性《りせい》のはざまで、自分《じぶん》に打《う》ち勝《か》った。

自分《じぶん》よりも他人《たにん》の命《いのち》を守《まも》ることを、何《なに》よりも優先《ゆうせん》したんだ。

(お姉《ねえ》ちゃん、お姉《ねえ》ちゃんならこんな時《とき》どうする？　剣人《けんと》さんやムサシを見捨《みす》てて一人《ひとり》で現実《げんじつ》の世界《せかい》に帰《かえ》る？)

私《わたし》は頬《ほお》を伝《つた》う涙《なみだ》も拭《ぬぐ》わないまま、再《ふたた》び心《こころ》の中《なか》のお姉《ねえ》ちゃんに語《かた》りかけた。

だけど答《こた》えは返《かえ》ってこない。返《かえ》ってこないって、私《わたし》はわかってた。

二度《にど》とお姉《ねえ》ちゃんには頼《たよ》れない。頼《たよ》っちゃいけない。

『妃名乃《ひなの》、あたしはもうあんたを助《たす》けてやれない。これからは自分《じぶん》の力《ちから》で生《い》き抜《ぬ》いて』

夢《ゆめ》の中《なか》でお姉《ねえ》ちゃんはそう言《い》っていた。

——だから、どんなに心《こころ》が弱《よわ》くても、これからは自分《じぶん》のことは自分《じぶん》で決《き》めなきゃならないんだ。

『迷《まよ》った時《とき》は妃名乃《ひなの》自身《じしん》を信《しん》じるんだよ。大丈夫《だいじょうぶ》、きっとあんたならできるから!!』

(お姉《ねえ》ちゃん……)

私《わたし》は目《め》をそっと閉《と》じて、自分《じぶん》の本当《ほんとう》の心《こころ》と向《む》かい合《あ》う。

いつも私《わたし》にじゃれていた甘《あま》えん坊《ぼう》のムサシ。

トップモデルになるため、陰《かげ》で努力《どりょく》していただろう蓮花《れんか》さん。

チャラチャラしているように見《み》えて、本当《ほんとう》は他人《たにん》を思《おも》いやれる戸坂《とさか》くん。

見《み》た目《め》は華奢《きゃしゃ》な美少女《びしょうじょ》なのに、チョロンパに立《た》ち向《む》かっていった潮《うしお》さん。

そして見《み》ず知《し》らずの私《わたし》を命《いのち》がけで守《まも》ってくれた剣人《けんと》さん――


「私《わたし》……」

たった数時間《すうじかん》のことなのに、彼《かれ》らは私《わたし》にとって通《とお》りすがりの人《ひと》なんかじゃないって答《こた》えが自然《しぜん》と浮《う》かんでくる。

ゲーム中《ちゅう》は裏切《うらぎ》られたりもしたけど、私《わたし》はみんなを憎《にく》むことはできない。

ううん、それどころかみんなを残《のこ》したまま元《もと》の世界《せかい》に帰《かえ》ったら、私《わたし》は必《かなら》ず後悔《こうかい》する。

たとえ命《いのち》は助《たす》かっても、二度《にど》と心《こころ》の底《そこ》から笑《わら》えない。

じゃあこれからどうする？　どうしたらいい？

悩《なや》みに悩《なや》んだ結果《けっか》、私《わたし》が出《だ》した答《こた》えは――ただ一《ひと》つだった。

「クルンパ、私《わたし》、次《つぎ》の駅《えき》で降《お》りる。降《お》りて、もう一度《いちど》無限駅《むげんえき》に戻《もど》る！　剣人《けんと》さんには怒《おこ》られるだろうけど、このまままみんなを放《ほう》ってなんかおけないよ！」

「おろろ〰〰？　な、なんですと〰〰っ⁉」

クルンパは私《わたし》の言葉《ことば》に驚《おどろ》いて、その場《ば》でドスンと尻《しり》もちをついた。

無限駅《むげんえき》に戻《もど》ると言《い》いながらも、私《わたし》の両足《りょうあし》は情《なさ》けないほどガクガクと震《ふる》えている。

涙《なみだ》があふれてるせいで、視界《しかい》が滲《にじ》んで見《み》えない。

本当《ほんとう》はわからない。何《なに》も。何《なに》が正《ただ》しいのかも。

……それでも。

この先絶対《さきぜったい》に、後悔《こうかい》だけはしたくない。

（お願《ねが》いみんな、無事《ぶじ》でいて。ウラシマッチのせいで二度《にど》と会《あ》えなくなるなんてイヤ！

帰《かえ》る時《とき》はみんなと……。剣人《けんと》さんと一緒《いっしょ》に帰《かえ》りたいよ……）

今《いま》はその強《つよ》い想《おも》いだけが、弱《よわ》くて小《ちい》さな私《わたし》の体《からだ》を突《つ》き動《うご》かしていた。

覚悟《かくご》を決《き》めた私《わたし》を見《み》つめるクルンパは、

「あーあ、妃名乃《ひなの》ちゃんは本当《ほんとう》におバカちゃんでクルねー。でもそういうおバカちゃん、
クルンパは嫌《きら》いじゃない……クル」

私《わたし》の悪口《わるくち》を言《い》いながら、なぜかうれしそうに笑《わら》ってた。

Third Game

無《む》限《げん》駅《えき》からの脱《だつ》出《しゅつ》

荒野《こうや》の中《なか》に建《た》つ無限駅《むげんえき》は眠《ねむ》らない街《まち》のように、真夜中《まよなか》でもまぶしい光《ひかり》を放《はな》っていた。

現実行《げんじつい》きの電車《でんしゃ》から降《お》りて無限駅《むげんえき》に引《ひ》き返《かえ》すと、ちょうどウラシマッチダーツの抽選《ちゅうせん》が終《お》わったところのようで、チョロンパの声《こえ》が聞《き》こえてくる。

「惜《お》しい！　今回《こんかい》のウラシマッチもたった3年《ねん》だったチョロ！　なんか今日《きょう》はダーツの調《ちょう》子《し》が悪《わる》いだチョロ〜！　でも次《つぎ》こそはこうはいかないだチョロ。見《み》ておれ〜〜〜!!」

チョロンパはダーツの横《よこ》でダンダンッと地団太《じだんだ》を踏《ふ》み、本気《ほんき》で悔《くや》しがっているようだ。

ホームを降《お》りた後《あと》、私《わたし》は時計台《とけいだい》のある1階中央《かいちゅうおう》ホールに向《む》かう。あそこなら視界《しかい》も開《ひら》けているし、大勢《おおぜい》が集《あつ》まれる広《ひろ》い空間《くうかん》があるから。

「ワウン？　ワォーン！　ワンワン！」

「どうした、ムサシ？　……あれ？」

まず最初《さいしょ》に私《わたし》に気《き》づいてくれたのは、長年《ながねん》の相棒《あいぼう》であるムサシだ。剣人《けんと》さん達《たち》は蓮花《れんか》さん達《たち》と合流《ごうりゅう》して、時計台《とけいだい》のすぐ下《した》で休憩《きゅうけい》を取《と》っているみたい。

よかった。みんなの見《み》た目《め》が変《か》わってない！　今回《こんかい》のウラシマッチダーツの条件《じょうけん》に、誰《だれ》も当《あ》てはまらなかったみたいだ。

「もしかして……ヒナちゃんやないか？」

「は？　なんだって？」

「ウソでしょ？」

「ひ、妃名乃《ひなの》さん!?」

「剣人《けんと》さん、ムサシ、みんな……！」

「ワオオオーーンッ!!」

気持《きも》ちばかりが先走《さきばし》って、私《わたし》の足《あし》はもつれそうになった。それでもなんとか剣人《けんと》さん達《たち》の元《もと》に駆《か》け寄《よ》る。ムサシは尻尾《しっぽ》をぶんぶん振《ふ》りながら、私《わたし》に飛《と》びついてきた。

「ム、ムサシ、そんなにぺろぺろ顔《かお》をなめないで。くすぐったいよぉ」

「ひ、妃名乃《ひなの》ちゃん、どうして……」

「ゲームに勝《か》って、元《もと》の世界《せかい》に帰《かえ》ったんじゃないの？」

みんな私《わたし》が現《あらわ》れたことに驚《おどろ》いて、しばらく呆然《ぼうぜん》としてた。そのうちに剣人《けんと》さんの目尻《めじり》が見《み》る見《み》るうちにつり上《あ》がり、再会《さいかい》するなり大《おお》きな声《こえ》で怒鳴《どな》られる。

「バカ、なんで戻《もど》ってきた!!」

「ひゃっ!」

「自分《じぶん》が何《なに》したかわかってるのか？　わざわざ地獄《じごく》に戻《もど》ってきたんだぞ？　せっかく元《もと》の世界《せかい》に帰《かえ》れるチャンスだったのに!」

「あ、あのごめんなさい。でも私《わたし》……」

剣人《けんと》さんが、本気《ほんき》で怒《おこ》る姿《すがた》は恐《おそ》ろしかった。でもその怒《いか》りは当然《とうぜん》だ。私《わたし》を守《まも》ろうとしてくれた剣人《けんと》さんや潮《うしお》さんの善意《ぜんい》を、結果的《けっかてき》に無《む》にしてしまったんだから。

けれど私《わたし》にだって譲《ゆず》れないことがある。それを剣人《けんと》さんにもわかってほしい。

「け、剣人《けんと》さんが言《い》ったんですよ、命《いのち》だけ助《たす》かってもだめだって!」

「!」

「私《わたし》、迷《まよ》いました。あのまま電車《でんしゃ》に乗《の》って、元《もと》の世界《せかい》に戻《もど》りたいって……本気《ほんき》で思《おも》いました。だけど私一人《わたしひとり》で元《もと》の生活《せいかつ》に戻《もど》っても多分一生後悔《たぶんいっしょうこうかい》します。剣人《けんと》さんやムサシを見捨《みす》てたままじゃ、二度《にど》と心《こころ》の底《そこ》から笑《わら》えません……!」

「ひ、妃名乃《ひなの》……」

私《わたし》は一生懸命自分《いっしょうけんめいじぶん》の想《おも》いを打《う》ち明《あ》けた。興奮《こうふん》しすぎているせいで、うまく言葉《ことば》を繋《つな》げない。それでも思《おも》っていることを全部《ぜんぶ》、ありのままに話《はな》した。

「わ、私《わたし》は心《こころ》の弱《よわ》い人間《にんげん》だから。誰《だれ》かを裏切《うらぎ》ったまま生《い》きられるほど強《つよ》くないから……。だから戻《もど》ってきたんです、未来《みらい》の自分《じぶん》の心《こころ》を守《まも》るために」

「妃名乃《ひなの》ちゃん……」

「クゥ〜ン……」

気《き》づけば私《わたし》を励《はげ》ますように、ムサシと潮《うしお》さんが隣《となり》に立《た》って支《ささ》えてくれている。

「剣人《けんと》さんの親切《しんせつ》を無《む》にしちゃって、ご、ごめんなさい。たくさん迷惑《めいわく》かけちゃってごめんなさい。でも私《わたし》、元《もと》の世界《せかい》に帰《かえ》るなら、け、剣人《けんと》さんと……みんなと一緒《いっしょ》が、いい……です……」

「――っ！」

つっかえつっかえだけど、なんとか思《おも》ってることを全部《ぜんぶ》話《はな》しきった。

でも剣人《けんと》さんは何《なに》も言《い》わない。また怒《おこ》られるのかな？　と視線《しせん》を上《あ》げると、そこには少《すこ》し困《こま》ったような、それでいてどこか苦《くる》しそうな、複雑《ふくざつ》な表情《ひょうじょう》をする剣人《けんと》さんがいた。

「アハハハハッ、なんやこれ、最悪《さいあく》で最高《さいこう》や！」

「！」

私達《わたしたち》の話《はなし》を聞《き》いていた戸坂《とさか》くんが、突然体《とつぜんからだ》をくの字《じ》に折《お》り曲《ま》げて笑《わら》いだした。

切《き》れ長《なが》の目《め》は異様《いよう》に鋭《するど》く、まるで私《わたし》を値踏《ねぶ》みするかのように細《ほそ》められている。

「そんな甘っちょろい理由で戻ってくるなんて大《たい》した偽善やなぁ。あまりに心がキレイすぎて、反吐《へど》が出《で》るわ」

「ぎ、偽善《ぎぜん》……、反《へ》、吐《ど》……」

戸坂《とさか》くんの放《はな》った言葉《ことば》に、私《わたし》はとても傷《きず》ついた。どうやら私《わたし》の取《と》った行動《こうどう》は、戸坂《とさか》くんの癇《かん》に障《さわ》ってしまったみたいだ。

「ま、でもヒナちゃんは思《おも》ってたよりおもろい子《こ》やな。別《べつ》の意味《いみ》で見直《みなお》したわ」

「え？」

「つまり、個人的《こじんてき》に興味《きょうみ》が出《で》てきたな……っと」

戸坂《とさか》くんは打《う》って変《か》わって、ずいっと笑顔《えがお》で私《わたし》に近《ちか》づいてきた。

とっさに剣人《けんと》さんが、

「おい……」

と壁《かべ》になって、戸坂《とさか》くんの体《からだ》を押《お》し返《かえ》す。

「ええやん。ヒナちゃんは自分《じぶん》の意思《いし》を持《も》った一人《ひとり》の女《おんな》の子《こ》やで。この子《こ》はただ守《まも》られてるだけの子《こ》やない。いいかげん、妹《いもうと》の面影《おもかげ》を勝手《かって》に重《かさ》ねるのはやめーや」

「オレは、そんなこと……っ」

戸坂《とさか》くんの言葉《ことば》に剣人《けんと》さんは怯《ひる》んだ。怯《ひる》んでしまってから目《め》を背《そむ》けて、

「そんなことは、わかってる……っ」

辛《つら》そうに言葉《ことば》を詰《つ》まらせた。

「あーっ、もうなんなのよ、この仲良《なかよ》しこよしの空気《くうき》！　気持《きも》ち悪《わる》いったらないわ!!」

ずっと沈黙《ちんもく》していた蓮花《れんか》さんが、いきなり大声《おおごえ》で叫《さけ》んだ。みんなの輪《わ》から一歩《いっぽ》外《はず》れて、苛立《いらだ》ちながら長《なが》い髪《かみ》をかきあげる。

「言《い》っとくけどあたしはやっぱりあんたのこと大《おお》バカだと思《おも》うわ。あたしだったら絶対戻《ぜったいもど》ってこない、こんなとこ！　裏切《うらぎ》りも騙《だま》し合《あ》いも、生《い》きてく上《うえ》じゃ当《あ》たり前《まえ》。そんなことでいちいち傷《きず》つくなんて、メンタル弱《よわ》すぎよ！」

「れ、蓮花《れんか》さん……」

「なのになんでそんなふうに考《かんが》えられんの？　マジ理解不能《りかいふのう》。一人《ひとり》で逃《に》げればよかったのよ。そうすればあたしはあんたをずるい子《こ》だって憎《にく》めたのに……」

蓮花《れんか》さんは弱弱《よわよわ》しい声《こえ》でつぶやいた後《あと》、キュッと下唇《したくちびる》を噛《か》んだ。

こういうところ、やっぱり蓮花《れんか》さんはお姉《ねえ》ちゃんに似《に》てるなぁって思《おも》う。

だから私《わたし》はどんな意地悪《いじわる》なことを言《い》われても、蓮花《れんか》さんを嫌《きら》いにはなれないんだ。

「ではそろそろサードゲームを始《はじ》めるチョロ～！　久々《ひさびさ》にギロンパ様《さま》が登場《とうじょう》だチョロ！

おまえら静《しず》かにするチョロ!!」

「！」

みんなとの再会《さいかい》を喜《よろこ》んだのも束《つか》の間《ま》、チョロンパの声《こえ》が駅中《えきじゅう》に響《ひび》き渡《わた》った。時計台前《とけいだいまえ》の大型《おおがた》スクリーンには、金色《きんいろ》の王冠《おうかん》をかぶったギロンパの姿《すがた》が映《うつ》る。

『はーい、みんな！ ギルティゲーム、楽《たの》しんでくれているかニャ？ ちなみにギロンパはプンプンだロン！ 借《か》り物競走《ものきょうそう》も赤《あか》ずきんちゃんを探《さが》せ！ でも、ほとんど犠牲者《ぎせいしゃ》が出《で》なくてちーっとも面白《おもしろ》くないロン！』

「も、申《もう》し訳《わけ》ないでチョロ、ギロンパ様《さま》〜〜〜！」

「このとおりお詫《わ》びするでクル〜〜〜！」

チョロンパとクルンパはスクリーンの前《まえ》で土下座《どげざ》して、必死《ひっし》に謝《あやま》った。だけどギロンパの怒《いか》りは収《おさ》まらないみたいだ。

『いいか、チョロンパ、クルンパ。これ以上《いじょう》つまらないゲームを続《つづ》けるのなら、次《つぎ》のウラシマッチの犠牲者《ぎせいしゃ》はおまえ達《たち》だロン！』

「ひ、ひぃっ！ ギ、ギロンパ様《さま》ぁ〜〜〜！」

ギロンパの真《ま》っ赤《か》な目《め》がギロリと光《ひか》る。それを見《み》たチョロンパ達《たち》は震《ふる》えあがった。

やっぱりギロンパこそが、絶対《ぜったい》に倒《たお》さなくてはいけない最大《さいだい》の敵《てき》。

そうしていよいよサードゲームの内容《ないよう》が大型《おおがた》スクリーンに発表《はっぴょう》された。

【サードゲーム　無限駅《むげんえき》からの脱出《だっしゅつ》】

①広《ひろ》い無限駅《むげんえき》の中《なか》で謎解《なぞと》き問題《もんだい》に挑戦《ちょうせん》。1問《もん》につき制限時間《せいげんじかん》は10分《ぷん》。計《けい》12問出題《もんしゅつだい》される！

②謎解《なぞと》き問題《もんだい》を全問正解《ぜんもんせいかい》したら、ギロンパ様《さま》からの特別《とくべつ》プレゼントをゲット！

　ゲームのルール発表《はっぴょう》と同時《どうじ》にスマホのアプリが勝手《かって》に起《た》ち上《あ》がり、第《だい》1問目《もんめ》が出題《しゅつだい》された。どうやら謎解《なぞと》き問題《もんだい》は全員共通《ぜんいんきょうつう》みたいだ。潮《うしお》さんは私《わたし》の肩《かた》をポンと叩《たた》くと、

「さ、次《つぎ》のゲームも頑張《がんば》りましょう。妃名乃《ひなの》ちゃん、頼《たよ》りにしてます！」

　と、明《あか》るく笑《わら》ってくれた。

「は、はい、頑張《がんば》りますっ!!」

「ま、確《たし》かにこのゲームはヒナちゃんなしだとクリアは難《むずか》しいやろうなぁ」

「し、仕方《しかた》ないわね！　なんなら一緒《いっしょ》に行《い》ってあげてもいいわよ？」

「ワォーン！」

「……」

　こうしてサードゲームもみんなで行《い》くことになった。剣人《けんと》さんは相変《あいか》わらず口《くち》を閉《と》じたまま難《むずか》しい顔《かお》をしていたけど、私《わたし》はまたみんなと一緒《いっしょ》にギルティゲームで戦《たたか》えることがうれしかった。

「えーと、それじゃあ時間《じかん》もないので早速《さっそく》謎解《なぞと》きにかかりますね」

私《わたし》だけでなく、フロアに集《あつ》まったプレイヤー達《たち》は一斉《いっせい》に謎解《なぞと》きに挑戦《ちょうせん》し始《はじ》める。

ギロンパ考案《こうあん》のゲームだけあって、1問目《もんめ》から難問《なんもん》だ。

謎解《なぞと》き1　この食《た》べ物《もの》、なーんだ？（ヒント・音楽《おんがく》）

ホトト

「はぁ？　食《た》べ物《もの》って……。ホトトと来《き》たら、ホトトギスやないの？」

「ああ、ホーホケキョってやつ？」

「でもそれじゃあ音楽《おんがく》も食《た》べ物《もの》もどちらも関係《かんけい》ないな……」

スマホに出題《しゅつだい》されている謎解《なぞと》きを前《まえ》にして、私達《わたしたち》は知恵《ちえ》を出《だ》し合《あ》った。その時《とき》、私《わたし》は『音楽《おんがく》』というヒントでピンッと閃《ひらめ》く。

「わかりました、答《こた》えは〝EGG《エッグ》〟——つまり〝たまご〟です！」

「え？　たまご？　どうして？」

「なんでホトトがたまごになるんや？」

不思議《ふしぎ》がるみんなに、私《わたし》は一《いち》から説明《せつめい》し始《はじ》める。

「これは多分《たぶん》ドレミファソラシドの音階《おんかい》だと思《おも》うんです。ドレミは元々《もともと》イタリア語《ご》で、日《に》本語《ほんご》ではハニホヘトイロハって書《か》くんです」

「なるほどなるほど……」

「さらにドレミは英語《えいご》ではCDEFGABC《シーディーイーエフジーエービーシー》と表記《ひょうき》します。つまりホトトはミソソ、ミソソを英語《えいご》にするとEGG《エッグ》……」

「ヒナちゃん、さすがや！　答《こた》えは〝たまご〟で決《き》まりや！」

早速私達《さっそくわたしたち》はアプリに答《こた》えを入力《にゅうりょく》した。するとパンパカパーンというファンファーレが鳴《な》り、スマホ画面《がめん》にギロンパのメッセージが流《なが》れる。

『うーん、第《だい》1問目《もんめ》はちょっと簡単《かんたん》すぎたかニャ？　では第《だい》2問目《もんめ》は、1階《かい》1番《ばん》ホームにて出題《しゅつだい》するローン！』

「よし、行《い》くぞ！」

剣人《けんと》さんはみんなの先頭《せんとう》を切《き》って走《はし》り出《だ》した。問題《もんだい》に答《こた》える制限時間《せいげんじかん》は10分《ぷん》だから、それまでに次《つぎ》の出題場所《しゅつだいばしょ》に急《いそ》いで移動《いどう》しなきゃならない。

『はーい、ここで締《し》め切《き》りィィ！　1問目《もんめ》をクリアできたプレイヤーは84人《にん》！　まだ結構《けっこう》残《のこ》ってるロンなー♪』

そして制限時間《せいげんじかん》10分《ぷん》きっちりに、1番《ばん》ホーム入《い》り口《ぐち》のシャッターが下《お》ろされた。

中央広間《ちゅうおうひろま》の時計台《とけいだい》の鐘《かね》もゴーンとなる。

なんとかギリギリで1問目《もんめ》をクリアした私達《わたしたち》は、思《おも》わずその場《ば》にしゃがみ込《こ》んだ。

「はぁ、はぁ、なによこれ。体力的《たいりょくてき》にもメチャきついじゃない……」

「ですよ…ね。脳《のう》に酸素《さんそ》が行《い》き渡《わた》らない…です……」

特《とく》に体力《たいりょく》に自信《じしん》のない私《わたし》と蓮花《れんか》さんは、早《はや》くも息《いき》が切《き》れ切《ぎ》れになっていた。

もちろんそんなことにはお構《かま》いなしで、第《だい》2問《もん》が出題《しゅつだい》される。

謎解《なぞと》き2　これ、なーんだ？

「これなーんだ？　って線《せん》じゃない、ただの線《せん》！」

「でなければ……四角《しかく》？　妃名乃《ひなの》ちゃん、わかりますか？」

「……」

難問《なんもん》を前《まえ》にして、みんなの視線《しせん》が私《わたし》に集《あつ》まった。私《わたし》は問題《もんだい》の画像《がぞう》をじーっと見《み》る。

「わかりました、答《こた》えは〝MOON《ムーン》〟……つまり月《つき》です！　この画像《がぞう》、縦長《たてなが》になっているからわかりづらいけど、よく見《み》ると文字《もじ》が書《か》いてありませんか？」

私《わたし》は問題《もんだい》の画像《がぞう》をキャプチャして、スマホの画像加工《がぞうかこう》ソフトで縦《たて》に縮小《しゅくしょう》してみる。

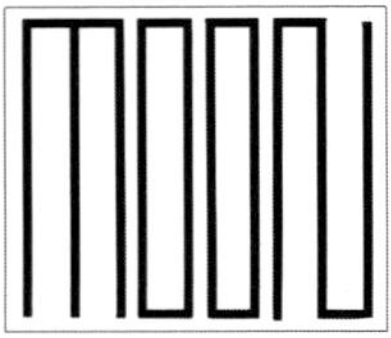

「あ、ホンマや！　確《たし》かにMOON《ムーン》って文字《もじ》に見《み》えるで！」

「妃名乃《ひなの》ちゃん、またまたお手柄《てがら》ですね！」

潮《うしお》さんが私《わたし》の目《め》の前《まえ》に両手《りょうて》を差《さ》し出《だ》したので、私《わたし》は照《て》れながらパンッ！　とハイタッチした。スマホに答《こた》えを入力《にゅうりょく》すると、第《だい》3問《もん》の出題場所《しゅつだいばしょ》として2階《かい》の貨物用《かもつよう》エレベーターが表示《ひょうじ》される。

「よし、急《いそ》ぐぞ！」

私達《わたしたち》はまたまた大急《おおいそ》ぎで2階《かい》へ続《つづ》く階段《かいだん》を上《あ》がった。フラフラになりながらエレベーター前《まえ》に到着《とうちゃく》すると、そこにはたくさんのプレイヤーがうずくまって倒《たお》れてた。

「痛《いた》い……痛《いた》いよ。ひどいよぉ、チョロンパァ……」

「ほ、堀江《ほりえ》くん!?」

その中《なか》にはなんと、『赤《あか》ずきんちゃんを探《さが》せ！』で私達《わたしたち》を苦《くる》しめた堀江《ほりえ》くんもいた。

一体何《いったいなに》が起《お》きているんだろうとエレベーター入《い》り口《ぐち》に視線《しせん》を向《む》ければ、そこにはバズーカのようなものを両脇《りょうわき》に抱《かか》え、戦闘《せんとう》モードに入《はい》ったチョロンパが立《た》っていた。

「エレベーターに乗《の》りたい者《もの》は、このチョロンパの屍《しかばね》を越《こ》えてゆけ〜♪　さぁ、ミニチョロンパよ、プレイヤーを攻撃《こうげき》だぁ〜〜〜！」

「リョーカイだチョロ、親分《おやぶん》！」

「チョロッ！」

「チョロ！」

バシュッという爆音《ばくおん》とともに、チョロンパのバズーカから大量《たいりょう》のミニチョロンパ（弾丸《だんがん》）が発射《はっしゃ》された。ミニチョロンパはバッティングセンターの球《たま》のように高速《こうそく》でプレイヤーの身体《からだ》にヒット！　みんなを足止《あしど》めしてしまう。

「ひ、卑怯《ひきょう》よ！　これじゃあエレベーターに乗《の》れないじゃない！」

「うるさいだチョロ！　チョロンパだってウラシマッチを打《う》たれるのは勘弁《かんべん》だチョロ〜！　おまえらここで全員《ぜんいん》リタイアしちまえだチョロ〜〜〜！」

「ここは潮《うしお》に任《まか》せて下《くだ》さい！」

「え⁉」

「せいやぁ………はあぁぁぁ――――っ‼」

――ゴキーーンッ‼

チョロンパの卑怯《ひきょう》な妨害《ぼうがい》にも負《ま》けない人《ひと》がいた。それは――潮《うしお》さんだ。

潮《うしお》さんは高速《こうそく》で飛《と》んできたミニチョロンパを華麗《かれい》なステップで避《よ》けると、逆《ぎゃく》に強烈《きょうれつ》な蹴《け》りを入《い》れて次々《つぎつぎ》と叩《たた》き落《お》としていく。竹刀《しない》を持《も》った剣人《けんと》さんも同《おな》じように、ミニチョロンパに竹刀《しない》を打《う》ち込《こ》むと、

「加勢《かせい》する！」

と次々《つぎつぎ》と倒《たお》していった。

「今《いま》のうちや、剣人達《けんとたち》に続《つづ》くで！」

「は、はい！」

「ムッ、な、生意気《なまいき》な奴《やつ》らだチョロ〰〰‼」

潮《うしお》ちゃんと剣人《けんと》さんを先頭《せんとう》に、私達《わたしたち》は貨物《かもつ》エレベーターめがけて進《すす》んでいく。だけど扉《とびら》の直前《ちょくぜん》でチョロンパが両手《りょうて》を広《ひろ》げて立《た》ちはだかった。

「絶対行《ぜったいい》かせないだろチョロ〰〰！」

「隙《すき》あり、胴《どう》っ！」

ガラ空《あ》きだったチョロンパの胴《どう》を、剣人《けんと》さんが竹刀《しない》で打《う》つ。

「ぐ、ぐはあっ！　お、おまえ少《すこ》しは手加減《てかげん》しろだチョロ〜〜〜!!」

チョロンパが苦《くる》しんでる隙《すき》に私達《わたしたち》は貨物《かもつ》エレベーターに乗《の》り込《こ》み、素早《すばや》くドアを閉《し》めた。

制限時間《せいげんじかん》ぎりぎりで、エレベーターは上昇《じょうしょう》を始《はじ》める。

「ふ、ふぅ……助《たす》かったぁ。やっぱり持《も》つべきものは信頼《しんらい》できる仲間《なかま》だね！」

「ああ、そうやな……って、おまえホリエっち？　何《なに》ちゃっかりついてきてるんや!?」

エレベーターに乗《の》り込《こ》んだメンバーの中《なか》にはいつの間《ま》にか堀江《ほりえ》くんも加《くわ》わっていて、戸《と》坂《さか》くんがすかさずツッコミを入《い》れた。堀江《ほりえ》くんは笑顔《えがお》でピースサインして、

「つれないこと言《い》わないでよ。このボクが味方《みかた》になるんだ。どーんと大船《おおぶね》に乗《の》ったつもりでいてよ☆」

と調子《ちょうし》のいいことを言《い》い始《はじ》める。そんな堀江《ほりえ》くんの図々《ずうずう》しさにみんなは呆《あき》れて言葉《ことば》も出《で》ないようだ。剣人《けんと》さんが額《ひたい》の汗《あせ》を拭《ぬぐ》いながら、ポツリとつぶやく。

「不思議《ふしぎ》だな……」

「え？」

「ゲームが始《はじ》まった時《とき》は、みんなバラバラだったのに」

確《たし》かに数時間前《すうじかんまえ》までは、他人《たにん》を裏切《うらぎ》ったり騙《だま》すことしかみんな考《かんが》えていなかった。でも

今《いま》は少《すこ》しだけ変《か》わったんじゃないか……と私《わたし》も思《おも》う。

「みんな自分《じぶん》だけ助《たす》かればいい。そう思《おも》っていたはずなのに、なぜか今《いま》は生《い》き延《の》びるためにこうして協力《きょうりょく》し合《あ》ってる」

「……」

「これも妃名乃《ひなの》が戻《もど》ってきたから……かもしれないな。いつの間《ま》にか妃名乃《ひなの》がみんなの中《ちゅう》心《しん》になってるんだ」

「け、剣人《けんと》さん……」

剣人《けんと》さんの大《おお》きい手《て》にポンポンと頭《あたま》をなでられて、私《わたし》の頬《ほお》が赤《あか》くなる。

「悪《わる》かったな。戸坂《とさか》の言《い》うとおり妃名乃《ひなの》は妃名乃《ひなの》だ」

「そ、そんなこと……」

「もう寿々子《すずこ》の代《か》わりじゃない……から」

「え？」

「何《なに》があっても……妃名乃《ひなの》はオレが守《まも》るから」

「……！」

剣人《けんと》さんの言葉《ことば》は私《わたし》の心《こころ》にまっすぐに届《とど》いた。私《わたし》の頬《ほお》は真《ま》っ赤《か》に染《そ》まっていく。

心《こころ》なしか私《わたし》だけじゃなく、剣人《けんと》さんの顔《かお》も少《すこ》し赤《あか》くなっているような気《き》がする……。

「何《なに》あれ、あの二人《ふたり》、やっぱデキてるんですか？」

「ホリエっちもそう思《おも》う？　所構《ところかま》わずイチャイチャして、マジウザいっつーのよね！」

「！　れ、蓮花《れんか》さん！」

そんな私達《わたしたち》の様子《ようす》を見《み》て、蓮花《れんか》さん達《たち》がコソコソと噂《うわさ》し合《あ》う。

今度《こんど》こそ私《わたし》は完熟《かんじゅく》トマトのように、頭《あたま》から爪《つめ》の先《さき》まで真《ま》っ赤《か》になった……。

「何《なに》ほのぼのしてんねん！　さっさと次《つぎ》の問題《もんだい》、いくで！」

「は、はい！」

そうして私達《わたしたち》はスマホに出《だ》されていた謎解《なぞと》きを再開《さいかい》し始《はじ》めた。

きっと……きっと大丈夫《だいじょうぶ》。みんなと一緒《いっしょ》なら、ギルティゲームを勝《か》ち抜《ぬ》けるはず！

謎解《なぞと》き3　？？？に入《はい》るのはどこ？

大阪難波《おおさかなんば》→萩の台《はぎのだい》→石見《いわみ》→弥刀《みと》→富田林《とんだばやし》→？？？→近鉄郡山《きんてつこおりやま》

「お、次《つぎ》はオレの得意問題《とくいもんだい》や！　これは関西《かんさい》で走《はし》ってる近鉄線《きんてつせん》の駅名《えきめい》のしりとりになってるで。つまり答《こた》えは【志摩赤崎《しまあかさき》】で決《き》まりや！」

謎解《なぞと》き4 【てっぺん】はA《エー》グループ？ B《ビー》グループ？ 理由《りゆう》も答《こた》えよ。

Ⓐ	Ⓑ
トラ	ライオン
ぎろっぽ	ぎろんぱ
キュー	ハチ
あご	うなじ
カンペ	コンパ

「この問題《もんだい》はモデルのあたしに任《まか》せなさい！ トラは芸能界用語《げいのうかいようご》でエキストラのこと。ぎろっぽは六本木《ろっぽんぎ》。キューは撮影《さつえい》の合図《あいず》の掛《か》け声《ごえ》。あごは食事《しょくじ》。カンペはカンニングペーパーの略《りゃく》。そしててっぺんは午前《ごぜん》0時《じ》のことを言《い》うの。つまりⒶ《エー》グループが正解《せいかい》よ！」

謎解《なぞと》きを進《すす》めていくうちに、私《わたし》だけじゃなくみんなの知識《ちしき》を総動員《そうどういん》しないと解《と》けない問題《もんだい》も現《あらわ》れ始《はじ》める。

謎解《なぞと》き5 文字《もじ》を読《よ》め。

「ありとあらゆるゲームを熟知《じゅくち》しているボクには簡単《かんたん》すぎますね。これは暗号《あんごう》の基本《きほん》・鏡《かがみ》文字《もじ》です。鏡《かがみ》に映《うつ》った左右対称《さゆうたいしょう》のSOCKS《ソックス》の文字《もじ》——つまり靴下《くつした》です！」

新《あら》たに仲間《なかま》に加《くわ》わった堀江《ほりえ》くんも、謎解《なぞと》きでは心強《こころづよ》い味方《みかた》になった。

そうして5階《かい》、20階《かい》、35階《かい》……と上《うえ》に昇《のぼ》っていくうちにプレイヤーは次々《つぎつぎ》と脱落《だつらく》していき、いつの間《ま》にか謎解《なぞと》きに挑戦《ちょうせん》しているのは私達《わたしたち》6人《にん》と1匹《ぴき》だけになっていた。

一《ひと》つ謎《なぞ》を解《と》くごとに、ゴーンと鳴《な》る時計台《とけいだい》の鐘《かね》の音《ね》。時計《とけい》の針《はり》は少《すこ》しずつ進《すす》んで、もうすぐ真夜中《まよなか》の12時《じ》を指《さ》そうとしていた。

「よし、最後《さいご》の12問目《もんめ》！　これさえ解《と》けば謎解《なぞと》きクリアよ！」

とうとう11問目《もんめ》の謎《なぞ》を解《と》いた私達《わたしたち》は無限駅《むげんえき》の50階《かい》に到達《とうたつ》した。50階目《かいめ》は屋上《おくじょう》になっていて、目《め》の前《まえ》にはまた別《べつ》の建物《たてもの》の屋上《おくじょう》が見《み》える。

「あ、あれがゴールじゃないでしょうか？」

堀江《ほりえ》くんが指《ゆび》さすほうを見《み》ると、確《たし》かに向《む》かい側《がわ》の建物《たてもの》には『ゴール』と書《か》かれた扉《とびら》があった。あの扉《とびら》を開《あ》けられれば、きっと謎解《なぞと》きゲームをクリアできる。

「でもどうやって向《む》こうに渡《わた》るの？　ここからあっちまで30メートルくらい離《はな》れているじゃない！」

「あの跳ね橋が使えればな……」

剣人《けんと》さんはそう言《い》って、屋上《おくじょう》の端《はし》に視線《しせん》を流《なが》した。確《たし》かにそこには向《む》こうの建物《たてもの》に渡《わた》るための橋《はし》が設置《せっち》されている。でもその橋《はし》はロンドンのタワーブリッジみたいな可動式《かどうしき》で、今《いま》は完全《かんぜん》に上《あ》がってしまっているのだ。どうにかあの橋《はし》を下《さ》げないと、私達《わたしたち》はゴールにたどり着《つ》けない。

「なぁにかまへんかまへん。最後《さいご》の問題《もんだい》を解《と》けば跳《は》ね橋《ばし》も下《さ》がるやろ。ほな行《い》くでぇ！」

「は、はい！」

戸坂《とさか》くんの掛《か》け声《ごえ》に励《はげ》まされて、私達《わたしたち》は最後《さいご》の問題《もんだい》に取《と》り掛《か》かった。

謎解《なぞと》き12　数字《すうじ》を答《こた》えよ。

5639 = 2
8069 = 5
7132 = 0
4108 = 3
9981 = 4

8898 = ？

うーん……、最終問題《さいしゅうもんだい》だけあってさすがに超難問《ちょうなんもん》だ。けれどここまでやってきた私達《わたしたち》なら、きっと解《と》けるはず。私《わたし》は自信《じしん》をもって正解《せいかい》を導《みちび》き出《だ》した。

「答《こた》えは7——ですね。これは数字《すうじ》の中《なか》に隠《かく》れている○《まる》の個数《こすう》を表《あらわ》してるんだと思《おも》います。例《たと》えば8なら○《まる》が二《ふた》つ、1は直線《ちょくせん》だから0個《こ》……」

「ちょ、ちょっと最後《さいご》にいいところを持《も》っていかないで下《くだ》さいよ！　ボクだってちゃんと答《こた》えはわかってましたからね！」

私《わたし》と張《は》り合《あ》ってるのか、堀江《ほりえ》くんが唇《くちびる》をとがらせてプンプンと怒《おこ》る。8898の中《なか》に隠《かく》れている○《まる》の数《かず》は7つ。早速《さっそく》『7』という答《こた》えをアプリに入力《にゅうりょく》すると、パンパカパーンと明《あか》るいファンファーレが流《なが》れた。

「よっしゃ、二人《ふたり》ともナイスや！」

「やったわね、これでようやくゴールできるわ！」

戸坂《とさか》くんと蓮花《れんか》さんはその場《ば》で跳《と》び上《あ》がって喜《よろこ》んだ。

あれ、でもおかしいな？　最後《さいご》の問題《もんだい》に正解《せいかい》したのに、屋上《おくじょう》の橋《はし》は跳《は》ね上《あ》がったまま全《まった》く下《お》りる気配《けはい》がない。アプリにも次《つぎ》にどうしろとかいう指示《しじ》は出《で》ていないし……。

「ちょっと、どういうこと？　橋《はし》が下《お》りないと向《む》こうに渡《わた》れないんだけど！」

「おい、チョロンパ、クルンパ、どっちでもいいから出《で》てこいよ！」

蓮花《れんか》さんと堀江《ほりえ》くんが叫《さけ》ぶと、ゴールと書《か》かれた扉《とびら》が開《あ》いて、クルンパが姿《すがた》を現《あらわ》した。

クルンパはその場《ば》でくるくると回《まわ》りながら、かごの中《なか》の花《はな》を周囲《しゅうい》にばら撒《ま》いていく。

「謎解《なぞと》き全問正解《ぜんもんせいかい》おめでとうクルー♪　裏切《うらぎ》りが当《あ》たり前《まえ》なギルティゲームで、まさか仲《なか》間《ま》を信《しん》じて協力《きょうりょく》し合《あ》うとは……。でもそのかいあってギルティゲーム史上《しじょう》、ここまで辿《たど》り着《つ》いたのは妃名乃《ひなの》ちゃん達《たち》が初《はじ》めてだクル。クルンパびっくりだクルー！」

そう言《い》いながらクルンパは、跳《は》ね橋《ばし》の袂《たもと》にあるレバースイッチの前《まえ》で立《た》ち止《ど》まる。

多分《たぶん》、あのレバースイッチを動《うご》かせば、橋《はし》が下《お》りるはずだ。

「だけどギロンパ様《さま》の命令《めいれい》で、この橋《はし》は下《さ》げられないクル。ごめんなさいクル～」

「は？　ざけんな！　じゃあ一体今《いったいいま》までなんのために謎解《なぞと》きさせられてたんや!?」

クルンパの勝手《かって》な言《い》い分《ぶん》に、戸坂《とさか》くんが大声《おおごえ》を上《あ》げた。

ギロンパはどうしても私達《わたしたち》を勝《か》たせたくないらしい。

跳《は》ね橋《ばし》を下《お》ろさないでここを渡《わた》るのは不可能《ふかのう》だ。走《はし》り幅跳《はばと》びの世界記録《せかいきろく》だって確《たし》か９メートル弱《じゃく》だったはず。なのに建物《たてもの》と建物《たてもの》の間《あいだ》はその３倍以上離《ばいいじょうはな》れてる。高《たか》さも50階《かい》あるから、誤《あやま》って下《した》に転落《てんらく》したら確実《かくじつ》に死《し》んでしまう。

「とにかくここを渡《わた》りたいなら自力《じりき》でなんとかしてだクル。それにクルンパは、ここを渡《わた》らないほうがいいと思《おも》うクルよ」

「え？」

「もしここを渡《わた》ってゴールするなら、それなりの覚悟《かくご》が必要《ひつよう》だクル。特《とく》に妃名乃《ひなの》ちゃんと剣人《けんと》くん……」

「え？　私《わたし》？」

「……どういうことだ？」

私《わたし》と剣人《けんと》さんは眉間《みけん》に皺《しわ》を寄《よ》せて、思《おも》わず顔《かお》を見合《みあ》わせる。

「えへへ、それは内緒《ないしょ》だクル～♪　では残《のこ》り３分《ぷん》。頑張《がんば》ってだクル～☆」

クルンパは素早《すばや》くきびすを返《かえ》すと、ゴールと書《か》かれた扉《とびら》の向《む》こうに消《き》えてしまった。

全問正解《ぜんもんせいかい》したにもかかわらず、私達《わたしたち》はゴール側《がわ》に渡《わた》れず取《と》り残《のこ》されてしまった。

「おい、剣人《けんと》、どうする？」

「どうするって言《い》われても……」

「ちょっと潮《うしお》、あんたここジャンプできないの⁉」

「無理言《むりい》わないで下《くだ》さい。潮《うしお》だって普通《ふつう》の人間《にんげん》です……」

「うわぁぁぁ、せっかくここまで来《き》たのにもうダメだぁ～～～！」

残《のこ》り一分《いっぷん》を切《き》った時点《じてん》で、堀江《ほりえ》くんが大声《おおごえ》で叫《さけ》び始《はじ》めた。

あと少《すこ》し……あともう少《すこ》しなのに。ゴール側《がわ》にあるスイッチレバーをなんとかして動《うご》かせないかな？

「ワォオォ――ン！」

「ムサシ⁉」

この最大《さいだい》の危機《きき》に凛々《りり》しく立《た》ち上《あ》がったのはムサシだった。ムサシは大《おお》きく一鳴《ひとな》きすると、キッと剣人《けんと》さんを見《み》つめる。

「ムサシ……。そうか、その手《て》があったか！」

剣人《けんと》さんもムサシの言《い》いたいことに気《き》づいたのか、その場《ば》で片膝《かたひざ》をつき両手《りょうて》を組《く》んだ。

そうか……もしかして協力《きょうりょく》ジャンプ。チアリーダーの競技《きょうぎ》には仲間《なかま》の力《ちから》を借《か》りて普通《ふつう》のジャンプよりさらに高《たか》くジャンプする方法《ほうほう》がある。剣人《けんと》さんの腕力《わんりょく》とムサシの跳躍力《ちょうやくりょく》があれば、この距離《きょり》も越《こ》えられるかもしれない！

「よし、来《こ》い、ムサシ！」

「ワン！」

剣人《けんと》さんの合図《あいず》で、ムサシが助走《じょそう》をつけて走《はし》り出《だ》した。ムサシは剣人《けんと》さんの手《て》を踏《ふ》み台《だい》にしてジャンプ！　同時《どうじ》に剣人《けんと》さんは全力《ぜんりょく》でムサシを遠《とお》くへと放《ほう》り投《な》げる。

「よし、いっけぇええぇ〜、ムサシ‼」

「ワオオオ―――ンッ‼」

「ムサシ！」

人間《にんげん》よりも身軽《みがる》なムサシの体《からだ》は、大《おお》きな放物線《ほうぶつせん》を描《えが》きながら空中《くうちゅう》を駆《か》けていった。

ムサシが落《お》ちてしまわないようにと、私《わたし》は祈《いの》ることしかできない。

頑張《がんば》って……。頑張《がんば》って、ムサシ——!!

「ワォン!」

そしてムサシは——見事《みごと》に向《む》こう側《がわ》に着地成功《ちゃくちせいこう》!

ガチャン! とスイッチレバーに体当《たいあ》たりして、跳《は》ね橋《ばし》を動《うご》かす。

ムサシの活躍《かつやく》を見《み》て私達《わたしたち》は大歓声《だいかんせい》を上《あ》げる。跳《は》ね橋《ばし》が下《お》りてくるのを待《ま》って、私《わたし》はムサシめがけて走《はし》り出《だ》した。

「すごい、えらいよ、ムサシ! よくやったね!」

「ワォーン♪」

「みんなも早《はや》く渡《わた》れ! 残《のこ》り15秒《びょう》だ!」

私達《わたしたち》は二《ふた》つの建物《たてもの》を繋《つな》ぐ跳《は》ね橋《ばし》を猛《もう》ダッシュで渡《わた》り、残《のこ》り1秒《びょう》のところでゴールと書《か》かれた扉《とびら》の中《なか》に駆《か》け込《こ》んだ。扉《とびら》の向《む》こうはエレベーターになっていて、私《わたし》たち全員《ぜんいん》が乗《の》り込《こ》んだ瞬間《しゅんかん》、ギロンパのアナウンスが流《なが》れる。

『見事《みごと》にゴォオォル!! You're《ユア》 Winner《ウィナー》! (君達《きみたち》が勝利者《しょうりしゃ》!) だロン!』

「や、やった……。今度《こんど》こそやったわ!」

「オレら、ギルティゲームに勝《か》ったで！」

「こ、これでうちに帰《かえ》れる……。う、うわぅぁぁんっ！」

蓮花《れんか》さん達《たち》は勝利《しょうり》を確信《かくしん》し、その場《ば》で抱《だ》き合《あ》いながら喜《よろこ》んだ。

一方《いっぽう》、私《わたし》は尻尾《しっぽ》を振《ふ》るムサシを抱《だ》きしめたまま、はあはあと荒《あら》い息《いき》を整《ととの》える。

「ほ、本当《ほんとう》にこれでゴール……なんでしょうか」

「……」

「……」

私《わたし》は蓮花《れんか》さん達《たち》のように素直《すなお》に喜《よろこ》べなかった。橋《はし》を渡《わた》る直前《ちょくぜん》の「ここは渡《わた》らないほうがいい」「特《とく》に妃名乃《ひなの》ちゃんと剣人《けんと》くんは」というクルンパの言葉《ことば》が気《き》になって……。それは剣人《けんと》さんと潮《うしお》さんも同《おな》じようだ。

「とにかくこのまま下《した》に行《い》ってみよう。どっちにしろ進《すす》むしかない」

「……」

私達《わたしたち》を乗《の》せたエレベーターは高速《こうそく》で無限駅《むげんえき》を下降《かこう》していった。

40階《かい》、30階《かい》、20階《かい》、10階《かい》、1階《かい》……と、さらに下《した》へ降《お》りていき、地下《ちか》10階《かい》に到達《とうたつ》したところで、ようやく扉《とびら》が——開《あ》いた。

「な、なんですか、ここ……」

「壁中《かべじゅう》に……モニター？」

ギルティゲームのゴール地点《ちてん》……そこはやっぱり天国《てんごく》なんかじゃなかった。

高速《こうそく》エレベーターを降《お》りた先《さき》にあったのは体育館《たいいくかん》のように広《ひろ》くてガランとした場所《ばしょ》。

壁《かべ》には何十《なんじゅう》……ううん、何百《なんびゃく》ものモニターが設置《せっち》されている。床《ゆか》も天井《てんじょう》もブルーライトで淡《あわ》く光《ひか》ってて、まるで海《うみ》の中《なか》にいるような錯覚《さっかく》を起《お》こしそう。

「ねぇ、モニターに映《うつ》ってるのって無限駅《むげんえき》の中《なか》よね」

「なるほど、ここはもしかして監視室《かんしつ》なのかもしれません。ボク達《たち》プレイヤーが苦《くる》しむ様《よう》子《す》をギロンパやチョロンパがここで観察《かんさつ》、もしくは記録《きろく》していたのかも」

「はぁ？　監視室《かんしつ》？　ゴールじゃないの⁉」

外《そと》に脱出《だっしゅつ》できるかもしれないという希望《きぼう》は早《はや》くも砕《くだ》け散《ち》った。

次《つぎ》の瞬間《しゅんかん》、正面《しょうめん》にあった一《ひと》つのモニターが点灯《てんとう》し、ギロンパの憎《にく》たらしい笑顔《えがお》が映《うつ》る。

『みんなお疲《つか》れ様《さま》だロン。まさか謎解《なぞと》きゲームをクリアするプレイヤーが現《あらわ》れるとは思《おも》わなかったロン。それにしてもくせぇ……。くせぇなぁぁぁー！　友情《ゆうじょう》とか絆《きずな》とか信頼《しんらい》とか、あまりにくだらなさすぎて、ギロンパの鼻《はな》がひん曲《ま》がりそうだロン！』

相変《あいか》わらずモニターに映《うつ》るギロンパは、私達《わたしたち》をさげすむような言葉《ことば》ばかり口《くち》にする。

『だけどぉ、約束《やくそく》は約束《やくそく》だから、謎解《なぞと》きをクリアしたおまえ達《たち》には特別《とくべつ》プレセントをあげるロン！　題《だい》して〝ギルティゲームの真実《しんじつ》〟！　よぉおくその目《め》に焼《や》きつけるロン！』

ギロンパの合図《あいず》と共《とも》にモニターの映像《えいぞう》が切《き》り替《か》わり、私《わたし》にとって懐《なつ》かしい声《こえ》が聞《き》こえてきた。


『ウソよ、こんなデタラメ、信《しん》じるはずないじゃない！　そもそも未来《みらい》から来《く》るなんて不《ふ》可能《かのう》でしょ？　あんたいいかげんにしないと、うちのパパに言《い》いつけるわよ‼』

「お、お姉《ねえ》ちゃん⁉」


——それは2年《ねん》ぶりに聞《き》くお姉《ねえ》ちゃんの声《こえ》だった。映像《えいぞう》の中《なか》のお姉《ねえ》ちゃんは私《わたし》と同《おな》じような首輪《くびわ》をつけられて、警官姿《けいかんすがた》のギロンパと激《はげ》しく言《い》い争《あらそ》ってる。

これがギルティゲームの真実《しんじつ》？　ギロンパは私達《わたしたち》に何《なに》を見《み》せようとしているの？

いやな予感《よかん》が脳内《のうない》を駆《か》け巡《めぐ》り、私《わたし》はガクガクと震《ふる》えだした。

『てめー、ギロンパ！　絶対許《ぜったいゆる》さない‼　その薄汚《うすぎたな》い着《き》ぐるみから本体《ほんたい》引《ひ》きずり出《だ》してボコボコにしてやる！』

映像《えいぞう》の中《なか》のお姉《ねえ》ちゃんは、たくさんの少年少女《しょうねんしょうじょ》の先頭《せんとう》に立《た》ってギロンパに猛抗議《もうこうぎ》していた。私《わたし》はその姿《すがた》を見《み》ていられなくて、思《おも》わず両手《りょうて》で顔《かお》を覆《おお》う。

「いや……、やめて……お姉《ねえ》ちゃん、お姉《ねえ》ちゃん！」

「妃名乃《ひなの》！」

剣人《けんと》さんがとっさに後《うし》ろから私《わたし》の身体《からだ》を支《ささ》えてくれるけど、目尻《めじり》からあふれだした涙《なみだ》は止《と》まらない。

……ああ、やっぱりお姉《ねえ》ちゃんも私《わたし》と同《おな》じようにギルティゲームに巻《ま》き込《こ》まれていたんだ。きっとこれはその時《とき》の映像《えいぞう》……。

『さぁ、ゲーム脱落者《だつらくしゃ》のお仕置《しお》きの時間《じかん》だロン！　囚人番号《しゅうじんばんごう》28番《ばん》・加納姫乃《かのうひめの》。罪状《ざいじょう》・公職選挙法違反《こうしょくせんきょほういはん》。未来《みらい》の犯罪者《はんざいしゃ》はここでサヨナラだロ～～～ン♪』

『きゃ、きゃあぁぁぁぁ――――っっ!!』

「お、お姉《ねえ》ちゃぁぁぁん……っ！」

私《わたし》は反射的《はんしゃてき》にモニターに映《うつ》るお姉《ねえ》ちゃんに向《む》かって手《て》を伸《の》ばした。

だけど届《とど》かない。私《わたし》の手《て》も、祈《いの》りも神《かみ》さまには届《とど》かない。

ギロンパがスイッチを押《お》したと同時《どうじ》にお姉《ねえ》ちゃんの首輪《くびわ》がまぶしい光《ひかり》を放《はな》って――

お姉《ねえ》ちゃんはほんの一瞬《いっしゅん》で、石《いし》のようにカチコチに固《かた》まってしまった。

『これぞギロンパ最大《さいだい》の発明《はつめい》、人間《にんげん》カチコチ爆弾《ばくだん》・カチコッチ！　姫乃《ひめの》ちゃん、先《さき》に地獄《じごく》で待《ま》ってロ〜ン♪』

「な、何《なに》よこれ。サイッテ――！」

「カ、カチコッチって、ウラシマッチとはまた別《べつ》の発明品《はつめいひん》なんか？」

「お、お姉《ねえ》ちゃ……お姉《ねえ》ちゃん……、う、うあぁぁぁぁ………っ!!」

「妃名乃《ひなの》ちゃん！」

蓮花《れんか》さんと戸坂《とさか》くんは映像《えいぞう》を見《み》て青《あお》ざめてた。一方《いっぽう》の私《わたし》はお姉《ねえ》ちゃんの決定的《けっていてき》な死《し》の瞬間《しゅんかん》を見《み》せつけられて、正気《しょうき》ではいられなかった。

「お姉《ねえ》ちゃん……お姉《ねえ》ちゃん……お姉《ねえ》ちゃぁぁん……っ！」

「ひ、妃名乃《ひなの》、ちゃん……」

激《はげ》しく泣《な》き続《つづ》ける私《わたし》を、ギュッと抱《だ》きしめてくれたのは潮《うしお》さんだ。潮《うしお》さんは辛《つら》そうに顔《かお》を歪《ゆが》めると、

「ご、ごめんなさい。潮《うしお》、何《なに》もできなくてごめんなさい……っ」

となぜか私《わたし》に謝《あやま》った。


『いや……なんでこんな……。なんでぇ――っ!?　メイサさん、なんで……なんでそっちにいるのぉ!?　ここに入《はい》る前《まえ》、みんなB《ビー》を選《えら》ぶって言《い》ってたから私《わたし》……。私《わたし》こっちを選《えら》ん

だのに！』

「す、寿々子《すずこ》!?」

さらにモニターにはショッキングな映像《えいぞう》が流《なが》れ続《つづ》けていく。画面《がめん》が切《き》り替《か》わって、今度《こんど》は気弱《きよわ》そうな女《おんな》の子《こ》が泣《な》き叫《さけ》んでいる姿《すがた》が映《うつ》った。その映像《えいぞう》に向《む》かって叫《さけ》んだのは剣人《けんと》さんだ。じゃああれがもしかして剣人《けんと》さんの妹《いもうと》の……寿々子《すずこ》さん？

『だって仕方《しかた》ないじゃない。今日《きょう》のゲーム、最終的《さいしゅうてき》に10人《にん》しか生《い》き残《のこ》れないんだよぉ？だったら必要《ひつよう》のない人間《にんげん》から切《き》り捨《す》てていくしかないじゃん。ねぇ？』

『ひどい……ひどい、ひどい、みんなひどいよぉっ！』

『んじゃ、ゲーム脱落者《だつらくしゃ》はここでサヨナラ～ン♪』

「す、寿々子《すずこ》ぉぉ――――っ！」

お友達《ともだち》に裏切《うらぎ》られた寿々子《すずこ》さんは、お姉《ねえ》ちゃんと同《おな》じようにカチコッチでカチコチに固《かた》まってしまった。

ひどい……こんなのひどすぎるよ。お姉《ねえ》ちゃんだけでなく寿々子《すずこ》さんまでギルティゲームの犠牲《ぎせい》になってたなんて……。

「す、寿々子《すずこ》……、くそ……なんで……。なんでだよっ！」

妹の死の瞬間を見せつけられて、剣人さんは力なく項垂れた。剣人さんの背中が、今は怒《いか》りと悲《かな》しみで震《ふる》えてる。涙《なみだ》こそ見《み》せていないけれど、妹《いもうと》の死《し》を知《し》って絶望《ぜつぼう》したはずだ。

「グフフ、ショックかチョロ？　だけどギロンパ様主催《さましゅさい》のギルティゲームの真実《しんじつ》はまだまだこんなものじゃないチョロ～☆」

「ないクル～☆」

「あ、チョロンパにクルンパ⁉」

気《き》づけば私達《わたしたち》のすぐそばに、いつの間《ま》にかチョロンパとクルンパが立《た》っていた。

モニターにはずっとギルティゲームの記録《きろく》が流《なが》れていて、お姉《ねえ》ちゃんや寿々子《すずこ》さんだけでなく、大勢《おおぜい》の少年少女《しょうねんしょうじょ》がカチコッチの餌食《えじき》になっていく。

「あ、あれって見《み》た目《め》がちょっと違《ちが》うけど潮《うしお》じゃない？」

「えっ⁉」

その映像《えいぞう》の中《なか》で、潮《うしお》さんの姿《すがた》を見《み》つけたのは蓮花《れんか》さんだ。今《いま》のスポーティな服装《ふくそう》とは違《ちが》い、映像《えいぞう》の中《なか》の潮《うしお》さんは可愛《かわい》いワンピースを着《き》ている。むしろその隣《となり》に立《た》つショートカットの女《おんな》の子《こ》のほうが、今《いま》の潮《うしお》さんのイメージに近《ちか》い。

「そうです、潮《うしお》も2年前《ねんまえ》のギルティゲームに参加《さんか》させられました。これはその時《とき》の映像《えいぞう》です」

「えっ⁉」

「なんやて⁉」

潮《うしお》さんの口《くち》から、衝撃的《しょうげきてき》な言葉《ことば》が飛《と》び出《だ》した。

2年前《ねんまえ》にもギルティゲームに参加《さんか》させられた？　じゃあ潮《うしお》さんにとって今回《こんかい》は2回目《かいめ》のギルティゲーム⁉

「あの真《ま》ん中《なか》に映《うつ》っている髪《かみ》の長《なが》い女《おんな》の子《こ》……わかりますか？　あの子《こ》が北上美晴《きたかみみはる》ちゃんといって、未来《みらい》でカチコッチの解毒剤《げどくざい》ヤワラカッチを開発《かいはつ》する人《ひと》です。ギルティゲームはギロンパ最大《さいだい》の敵《てき》である美晴《みはる》ちゃんを抹殺《まっさつ》するために仕組《しく》まれたゲームだったんです」

「き、北上美晴《きたかみみはる》？　ヤ、ヤワラカッチ？」

潮《うしお》さんが指《ゆび》さすとおり、映像《えいぞう》には髪《かみ》の長《なが》い女《おんな》の子《こ》が映《うつ》っていた。まさか女《おんな》の子《こ》一人《ひとり》を殺《ころ》すために、こんな大掛《おおが》かりなゲームを開催《かいさい》したっていうの？

『ウキャキャキャキャ！　潮《うしお》ちゃんの言《い》うとおりだロン。全《まった》く君達《きみたち》には手《て》を焼《や》かされたロン。大人《おとな》しくギロンパに殺《ころ》されていればいいものを最後《さいご》の最後《さいご》まで逆《さか》らいやがって！』

「ギロンパ、美晴《みはる》ちゃんはどこ？　2年前《ねんまえ》、ギルティゲームをクリアした美晴《みはる》ちゃんを、再《ふた》びさらっていったのはあなたでしょう⁉」

潮《うしお》ちゃんは怒《いか》りをぶつけながら、ギロンパに問《と》いかけた。

そういえば潮《うしお》さんは無限駅《むげんえき》の中《なか》で探《さが》し物《もの》がある……って言《い》ってた。

もしかしてそれは、お友達《ともだち》の北上美晴《きたかみみはる》さん？

『ウキャキャキャ、美晴《みはる》ちゃん達《たち》がゲームをクリアしてしまったせいで、実《じつ》は未来《みらい》が大《おお》きく変《か》わってしまったロン。だから美晴《みはる》ちゃんはもうお払《はら》い箱《ばこ》だロン！』

「え!?　どういう意味《いみ》？」

『未来《みらい》は変《か》わった……つまりギロンパは美晴《みはる》ちゃんより先《さき》に、カチコッチの解毒薬《げどくやく》・ヤワラカッチを開発《かいはつ》してしまいましたぁ!!　ニャハハハハ！　しかもそのついでにカチコッチに代《か》わる新発明品《しんはつめいひん》・ウラシマッチまで生《う》み出《だ》しちゃったんだロン！　ギロンパ、天才《てんさい》すぎる自分《じぶん》が怖《こわ》すぎるローン☆』

「そ、そんな……っ！」

潮《うしお》さんは大《おお》きなショックを受《う》けたようで、呆然《ぼうぜん》と立《た》ち尽《つ》くしている。

そんな潮《うしお》さんの前《まえ》に、チョロンパがぴょんとジャンプしてきた。

「グフフ、ここから先《さき》はギロンパ様《さま》に代《か》わってチョロンパが説明《せつめい》するチョロ。ウラシマッチを開発《かいはつ》したギロンパ様《さま》は、今度《こんど》こそ未来《みらい》の反逆者《はんぎゃくしゃ》どもを根絶《ねだ》やしにすることを決意《けつい》。そのために建《た》てられたのがこの無限駅《むげんえき》だチョロ」

「根絶《ねだ》やし？　ちょっと待《ま》ちーや、ゲームに勝《か》ったら元《もと》の世界《せかい》に帰《かえ》れるって……」

「ウキョッ、おまえらそんな戯言《たわごと》、本気《ほんき》で信《しん》じていたかチョロ？　ゲームをクリアできる優秀《ゆうしゅう》なプレイヤーを、みすみす現実世界《げんじつせかい》に帰《かえ》すわけないチョロ〜♪」

チョロンパは肩《かた》を揺《ゆ》らして笑《わら》うと、モニターの映像《えいぞう》を切《き》り替《か》えた。すると画面《がめん》にはどこかの部屋《へや》に閉《と》じ込《こ》められ、苦《くる》しむプレイヤー達《たち》の姿《すがた》が映《うつ》る。

『う、うわぁぁ――、誰《だれ》か助《たす》けてくれぇぇ！』

『いや……なんで？　あたしは最後《さいご》まで赤《あか》ずきんだってバレずに逃《に》げ切《き》ったのに……。いやぁぁ――っ！』

『元《もと》の世界《せかい》に帰《かえ》してくれるなんて、お、大《おお》ウソじゃないかぁぁ――っ！』

泣《な》き叫《さけ》ぶプレイヤー達《たち》を無視《むし》して、ウラシマッチが発動《はつどう》する。煙《けむり》に包《つつ》まれた数十人《すうじゅうにん》のプレイヤー達《たち》はあっという間《ま》に老人《ろうじん》の姿《すがた》になり、バタンとその場《ば》で力尽《ちからつ》きてしまった。

ひ、ひどい。ひどすぎる。涙《なみだ》で視界《しかい》がぼやける中《なか》、私《わたし》は何《なん》とか声《こえ》を絞《しぼ》り出《だ》した。

「な、なんですか、これ……っ」

「見《み》てわからないかニャ？　みんなセカンドゲーム『赤《あか》ずきんちゃんを探《さが》せ！』の勝利者《しょうりしゃ》だチョロ。妃名乃《ひなの》ちゃん、途中《とちゅう》で列車《れっしゃ》を降《お》りて正解《せいかい》だったチョロ。もしあのまま電車《でんしゃ》に乗《の》り続《つづ》けていたら、今頃《いまごろ》あいつらのお仲間《なかま》だったチョロ〜☆」

「そ、そんな……っ」

チョロンパの言葉で、ギルティゲームの真実がはっきりした。

つまりこのゲームは誰《だれ》も生《い》き残《のこ》れないゲームなんだ。

ギロンパ達《たち》は未来《みらい》の反逆者《はんぎゃくしゃ》である私達《わたしたち》の苦《くる》しむ姿《すがた》が見《み》たい……ただそれだけの理由《りゆう》で、ギルティゲームを開催《かいさい》している。プレイヤーを現実世界《げんじつせかい》に帰《かえ》す気《き》なんて……全《まった》くない。

「ということで、そろそろおまえら雑魚《ざこ》ともおさらばだチョロ。その他大勢《たおおぜい》のくせに、結《けっ》構頑張《こうがんば》ったチョロ～」

「ざ、雑魚《ざこ》だって？　このボクが？」

「言《い》ってくれるやん、ギロンパにしてみたらオレ達《たち》は物《もの》の数《かず》にも入《はい》っとらんちゅーわけか」

チョロンパに雑魚扱《ざこあつか》いされて、戸坂《とさか》くんや堀江《ほりえ》くんはいきり立《た》つ。

「あれれ～？　雑魚《ざこ》キャラのくせに最後《さいご》まで生意気《なまいき》だチョロ。そんな奴《やつ》らにはお仕置《しお》きだチョロ～～～!!」

そしてチョロンパがウラシマッチのスイッチを押《お》そうとした瞬間《しゅんかん》、潮《うしお》さんは背後《はいご》からチョロンパに鋭《するど》い蹴《け》りを繰《く》り出《だ》した！

「はぁ……っ、せいやぁ――――っ！」

「おっと、危《あぶ》ないチョロ！　クルンパにパース！」

「！」

でも潮《うしお》さんの動《うご》きは完全《かんぜん》に読《よ》まれていたみたいで、チョロンパは華麗《かれい》にターンして、ウラシマッチのスイッチがクルンパの手《て》に渡《わた》ってしまう。

だめだ、もう間《ま》に合《あ》わない……！　クルンパにスイッチを押《お》されたらウラシマッチが発《はっ》動《どう》して、私達《わたしたち》は今度《こんど》こそ終《お》わり――!!

「それではごめんなさいクル。妃名乃《ひなの》ちゃんと愉快《ゆかい》な仲間達《なかまたち》、ここでお別《わか》れだクル～☆」

「い、いやぁっ！　あたしまだ死《し》にたくないぃぃ！」

「う、うわぁぁぁっっ、ちょっと待《ま》てぇぇ！」

「きゃ、きゃあぁぁ――っ！」

「ワォオオ――ン！」

「妃名乃《ひなの》！」

剣人《けんと》さんはムサシにしがみつく私《わたし》に手《て》を伸《の》ばし、私《わたし》を庇《かば》うように両手《りょうて》で抱《だ》きしめた。

だけどもう無理《むり》だ。私達《わたしたち》は大量《たいりょう》のウラシマッチを打《う》たれて、ここで全滅《ぜんめつ》しちゃうんだ!!

「はい、ではポチッとクル☆」

――ガチャンッ！

だけど――その時《とき》だった。突然《とつぜん》モニター監視室《かんしつ》の全電源《ぜんでんげん》が一斉《いっせい》にダウンして、広《ひろ》い空間《くうかん》が真《ま》っ暗《くら》になった。

――ごとり。

さらに私《わたし》の首《くび》から重《おも》みが消《き》えて、何《なに》かが落《お》ちた音《おと》がした。

い、一体何《いったいなに》が起《お》こったの？　訳《わけ》がわからず目《め》の前《まえ》の剣人《けんと》さんに強《つよ》くしがみつく。すると予備電源《よびでんげん》が稼働《かどう》したのか、照明《しょうめい》がほんのりと点灯《てんとう》した。

『――プレイヤーの皆《みな》さんにお知《し》らせします。無限駅《むげんえき》のメインプログラムを一時的《いちじてき》にシャットダウンしました。ウラシマッチも全《すべ》て解除《かいじょ》。緊急避難《きんきゅうひなん》モードに移行《いこう》させるので、残《のこ》り時間《じかん》10分《ぷん》の間《あいだ》に最寄《もよ》りのホームから発車《はっしゃ》する電車《でんしゃ》に乗《の》って脱出《だっしゅつ》して下《くだ》さい』

「な、なんだ、このアナウンス!?」

「この声《こえ》……もしかして美晴《みはる》ちゃん!?」

「えっ!?」

気《き》づけばいつの間《ま》にか無限駅中《むげんえきじゅう》に緊急《きんきゅう》のアラート音《おん》が鳴《な》り響《ひび》いていた。監視室《かんしつ》のモニターも予備電源《よびでんげん》で復活《ふっかつ》したみたいで、電車《でんしゃ》に飛《と》び乗《の》る他《ほか》のプレイヤーの姿《すがた》を映《うつ》している。

私達《わたしたち》を拘束《こうそく》していた恐怖《きょうふ》の首輪《くびわ》も、今《いま》は全《すべ》て外《はず》れて床《ゆか》に転《ころ》がっていた。

「おい、チョロンパとクルンパが動《うご》いてないぞ」

「あ、ホンマや！」

チョロンパ達《たち》も電気《でんき》がないと活動《かつどう》できないのか、完全《かんぜん》に静止《せいし》していた。

潮《うしお》さんはきょろきょろと辺《あた》りを見回《みまわ》し、確信《かくしん》を込《こ》めた声《こえ》で言《い》う。

「多分《たぶん》……美晴《みはる》ちゃんです。この駅《えき》のどこかにいる美晴《みはる》ちゃんが、私達《わたしたち》を助《たす》けようとしてくれているんです！」

「は？　マジ？」

「だったらその美晴《みはる》さんという人《ひと》は、ボクらにとって救《すく》いの女神《めがみ》ですね！」

潮《うしお》ちゃんの言葉《ことば》を証明《しょうめい》するように、壁《かべ》の一部《いちぶ》に『緊急避難口《きんきゅうひなんぐち》』と書《か》かれた扉《とびら》が現《あらわ》れた。

案内板《あんないばん》には『この先《さき》　地下《ちか》プラットホーム』と書《か》かれている。

「よし、みんな行《い》くぞ！」

「了解《りょうかい》や！」

「こんなとこで死《し》にたくないわよぉっ！」

地下《ちか》プラットホームを目指《めざ》して、みんなは一斉《いっせい》に走《はし》りだす。だけど潮《うしお》さんだけが周囲《しゅうい》をきょろきょろしていて、出口《でぐち》に向《む》かおうとしない。

「潮《うしお》さんっ!?」

「ご、ごめんなさい。でも潮《うしお》、一人《ひとり》で逃《に》げられません。美晴《みはる》ちゃんと一緒《いっしょ》でなきゃ！」

潮《うしお》さんはこんな緊急事態《きんきゅうじたい》でも、友達《ともだち》である美晴《みはる》さんの行方《ゆくえ》を捜《さが》していた。扉《とびら》の前《まえ》で戸坂《とさか》くん達《たち》は足《あし》を止《と》め、大《おお》きくかぶりを振《ふ》る。

「あかん、もう諦《あきら》めろ！　この広《ひろ》い駅《えき》の中《なか》からたった一人《ひとり》を捜《さが》し出《だ》すなんて無理《むり》や！」

「そうよ、もう残《のこ》り時間《じかん》9分《ふん》……、あ、8分《ぷん》切《き》ったわよ！」

戸坂《とさか》くん達《たち》の言《い》ってることはもっともだった。

こうしている今《いま》も、美晴《みはる》さんが作《つく》ってくれたチャンスの時間《じかん》はどんどん過《す》ぎていく。

この機会《きかい》を逃《のが》したら、今度《こんど》こそ私達《わたしたち》はギロンパに殺《ころ》されてしまうだろう。

「潮《うしお》、ほら、急《いそ》ぎなさいよ！」

「で、でも……、でもぉ……」

蓮花《れんか》さんは何度《なんど》も急《せ》かすけど、潮《うしお》さんは大粒《おおつぶ》の涙《なみだ》を浮《う》かべて首《くび》を横《よこ》に振《ふ》った。

その気持《きも》ちは私《わたし》にも痛《いた》いほどわかる。もしこの駅《えき》のどこかにお姉《ねえ》ちゃんがいると言《い》われたら、きっと時間《じかん》ギリギリまで捜《さが》したいと粘《ねば》るだろうから。

(でもちょっと待《ま》って。美晴《みはる》さんはどうしてこんな絶妙《ぜつみょう》なタイミングで私達《わたしたち》を助《たす》けられたの？　この部屋《へや》には私達《わたしたち》とチョロンパ達《たち》しかいなかったのに……)

もしかして他《ほか》にも監視室《かんしつ》があるのかな？　と私《わたし》は辺《あた》りを見回《みまわ》す。

あれ？　なんか私《わたし》、大事《だいじ》なことを見落《みお》としていない？

私《わたし》はぐいっと涙《なみだ》を拭《ぬぐ》って考《かんが》え始《はじ》める。

「おい、妃名乃《ひなの》？」

「……」

そうだ。もし美晴《みはる》さんが脱出《だっしゅつ》のチャンスを作《つく》ってくれたなら、無限駅《むげんえき》のシステムを一時《いちじ》的《てき》に停止《ていし》させるなんてすごいこと、長《なが》い時間《じかん》をかけて準備《じゅんび》したはずだ。

それこそギロンパやチョロンパに疑《うたが》われないように、少《すこ》しずつ、少《すこ》しずつ……。

それによくよく考《かんが》えたら私達《わたしたち》はこの残酷《ざんこく》なゲームの中《なか》で、常《つね》にあの・ひ・と・に守《まも》られてた。

「ちょっと、ヒナちゃんまで立《た》ち止《ど》まってどうしたんや!?」

「い、急《いそ》ぎましょうよぉ〜〜〜！」

私《わたし》まで足《あし》を止《と》めたことで、みんなが困《こま》ったようにその場《ば》で足踏《あしぶ》みしている。私《わたし》の頭《あたま》の中《なか》はどんどんクリアになり、今日一日《きょういちにち》の出来事《できごと》が走馬灯《そうまとう》のように駆《か》け巡《めぐ》っていた。

(チョロンパが武器《ぶき》を配《くば》った時《とき》には、身《み》を守《まも》る防具《ぼうぐ》が配《くば》られた。ウラシマッチダーツも信《しん》じられないほどの大失敗《だいしっぱい》だった。休憩時間《きゅうけいじかん》にはプレイヤーのために食事《しょくじ》が用意《ようい》された。それに『赤《あか》ずきんちゃんを探《さが》せ！』で私《わたし》が一人勝《ひとりが》ちした時《とき》も、駅《えき》に戻《もど》るよう会話《かいわ》で誘導《ゆうどう》されていたような……)

そこまで考《かんが》えて、私《わたし》は視線《しせん》を上《あ》げて目《め》の前《まえ》を見《み》つめた。

ああ、そうか、美晴《みはる》さんはこの駅《えき》のどこかにいるんじゃない。

すぐ目《め》の前《まえ》に――

私達《わたしたち》味方《みかた》の目《め》さえ欺《あざむ》いて、いつだってすぐそばにいてくれたんじゃない！

「美晴《みはる》さん、帰《かえ》ろう？　私達《わたしたち》と一緒《いっしょ》にここを脱出《だっしゅつ》しましょう！　このままじゃ美晴《みはる》さんの命《いのち》だって危《あぶ》ないよ！」

「！」


私《わたし》がそう言《い》いながら駆《か》け寄《よ》ったのは――クルンパ。

ギロンパの手下《てした》で、私達《わたしたち》にとっては最大《さいだい》の敵《てき》。

「えっ⁉　クルンパ？」

「何《なに》言《い》ってるんだ、妃名乃《ひなの》！」

「ちょっとちょっと、パニクりすぎて頭《あたま》おかしくなったの⁉」

突然《とつぜん》クルンパの手《て》を握《にぎ》った私《わたし》のことを、みんなは驚《おどろ》いた顔《かお》で見《み》つめた。

だけど潮《うしお》さんは涙《なみだ》を浮《う》かべながら、

「美晴《みはる》ちゃん？　本当《ほんとう》に美晴《みはる》ちゃん……なの？」

とクルンパに近《ちか》づいていく。するとクルンパは、私《わたし》の手《て》をバシッと強《つよ》く振《ふ》り払《はら》った！

「早《はや》く逃《に》げるでクル。残《のこ》り時間《じかん》もう5分《ふん》ないで……クル」

「！」

「み、美晴《みはる》ちゃん！」

やっぱりクルンパの正体《しょうたい》は北上美晴《きたかみみはる》さんだった！

多分《たぶん》、チョロンパの着《き》ぐるみの電源《でんげん》だけ切《き》って、一時行動不能《いちじこうどうふのう》にしてくれたんだろう。

美晴《みはる》さん自身《じしん》は私達《わたしたち》が逃《に》げるのをクルンパの中《なか》から見届《みとど》けようとしてたんだ。

「捜《さが》した……ずっと捜《さが》してたんだよ、美晴《みはる》ちゃん。見《み》つけるのが遅《おそ》くなってごめんね！　一人《ひとり》でギロンパに捕《つか》まって怖《こわ》かったよね？　辛《つら》かったよね？　でも潮《うしお》……強《つよ》くなりましたから！　今度《こんど》こそ友達《ともだち》を守《まも》れるように、うんとうんと強《つよ》くなりましたから！」

潮《うしお》さんがボロボロ涙《なみだ》をこぼしながら笑《わら》うと、

「う、しおちゃん……」

クルンパの中《なか》から、美晴《みはる》さん自身《じしん》の言葉《ことば》があふれ始《はじ》める。

――次《つぎ》の瞬間《しゅんかん》、クルンパの体《からだ》が淡《あわ》く光《ひか》って、クルンパの着《き》ぐるみがまるで空気《くうき》に溶《と》けていくように消《き》えていった。

すごい……。これが未来《みらい》の科学《かがく》の力《ちから》なの？

そして私達《わたしたち》の前《まえ》に、北上美晴《きたかみみはる》さんが現《あらわ》れた！

「あ、ありがとう、潮《うしお》ちゃん。こんな危険《きけん》な所《ところ》まで来《き》てくれて。本当《ほんとう》にありがとう……」

「え……、本当《ほんとう》にクルンパが北上美晴《きたかみみはる》だったのか……」

「信《しん》じらんない。妃名乃《ひなの》ってば、勘《かん》が鋭《するど》すぎよ！」

美晴《みはる》さんと潮《うしお》ちゃんが手《て》を取《と》り合《あ》う姿《すがた》を見《み》て、剣人《けんと》さんや蓮花《れんか》さん達《たち》も驚《おどろ》いていた。

その間《あいだ》も駅中《えきじゅう》に緊急《きんきゅう》アラームは鳴《な》り続《つづ》けていて、脱出《だっしゅつ》までのタイムリミットが刻一刻《こくいっこく》と近《ちか》づいてる。

「でもごめん、潮《うしお》ちゃん、私《わたし》は一緒《いっしょ》に行《い》けないよ……」

「美晴《みはる》ちゃん、どうして!?」

「生《い》き延《の》びるためとはいえ、私《わたし》はずっとギロンパの手下《てした》として働《はたら》いてたの……」

「でもそれはギロンパに脅《おど》されて仕方《しかた》なかったんでしょ？」

「……」

「ギロンパの考《かんが》えそうなことだよ。美晴《みはる》ちゃんを殺《ころ》そうと思《おも》えばいつでも殺《ころ》せるのに、敢《あ》えて生《い》かしたまま自分《じぶん》の手下《てした》にする。そうすることで苦《くる》しむ美晴《みはる》ちゃんのことをギロンパは笑《わら》いながら見《み》てたに決《き》まってるよ！」

ギルティゲームに参加《さんか》するのが2回目《かいめ》の潮《うしお》さんは、ギロンパの怖《おそ》ろしい考《かんが》えを完全《かんぜん》に読《よ》み切《き》ってるみたいだ。

「うん、そうだね。きっとそう。それでも私《わたし》がギロンパの言《い》いなりになっていたのは事実《じじつ》……。私《わたし》、そんな自分《じぶん》が許《ゆる》せないの！」

美晴《みはる》さんはかぶりを振《ふ》ると、一歩後《いっぽあと》ずさった。

プレイヤーのみんなを救《すく》うためとは言《い》え、ギロンパの手下《てした》として働《はたら》くなんてすごく辛《つら》かったと思《おも》う。それに美晴《みはる》さんはとても正義感《せいぎかん》の強《つよ》い人《ひと》みたいだ。だからこそ必要以上《ひつよういじょう》に自《じ》分《ぶん》を責《せ》めてしまうんだろう。でも私《わたし》は美晴《みはる》さんに伝《つた》えたいことがある。

「結局《けっきょく》ヤワラカッチもギロンパに開発《かいはつ》されちゃったし……。私《わたし》が元《もと》の世界《せかい》に帰《かえ》らなきゃいけない理由《りゆう》はもうないの。だから潮《うしお》ちゃん達《たち》だけでも早《はや》く……」

「そんなことない。ヤワラカッチがなくたって美晴《みはる》ちゃんは……っ」

「じゃあどうしてここに潮《うしお》さんがいるんですか？　無限駅《むげんえき》に潮《うしお》さんを招待《しょうたい》したのって、美《み》晴《はる》さんなんじゃないですか？」

「！」

私《わたし》は二人《ふたり》の会話《かいわ》に割《わ》り込《こ》んだ。だって潮《うしお》さんがギルティゲームに参加《さんか》するのが2回目《かいめ》だって知《し》った時《とき》から違和感《いわかん》を感《かん》じていたから。チョロンパも潮《うしお》さんと初対面《しょたいめん》した時《とき》、ひどく驚《おどろ》いていたし……。

「もしかして潮《うしお》さんなら助《たす》けてくれると思《おも》ったから、ギロンパの目《め》を盗《ぬす》んで無限駅《むげんえき》の招待《しょうたい》状《じょう》を送《おく》ったんじゃないですか？　ううん、もしかしたら潮《うしお》さん以外《いがい》の友達《ともだち》にも……」

「そうなんですか、美晴《みはる》ちゃん？　もしかしてライくん達《たち》にも招待状《しょうたいじょう》を送《おく》りました？」

「そ、それは……」

「でも無限駅《むげんえき》の中《なか》でライくんや旋風《つむじ》くんは見《み》かけなかったし……。もしかしてギロンパに邪魔《じゃま》されて、届《とど》いたのは潮《うしお》の分《ぶん》だけだったのかな？」

私《わたし》の指摘《してき》は正《ただ》しかったようで、美晴《みはる》さんの目《め》からまた大粒《おおつぶ》の涙《なみだ》があふれた。きっと潮《うしお》さん達《たち》に送《おく》られた招待状《しょうたいじょう》は、美晴《みはる》さんからの『助《たす》けてほしい』という秘密《ひみつ》のSOS《エスオーエス》だった。

「ご、ごめん、潮《うしお》ちゃん、私《わたし》、危険《きけん》だってわかってたはずなのに……」

「謝《あやま》らないで下《くだ》さい、美晴《みはる》ちゃん。それにこれを見《み》て！」

潮《うしお》さんはポケットからスマホを取《と》り出《だ》して美晴《みはる》さんに見《み》せる。

するとスマホから動画《どうが》が流《なが》れ始《はじ》めて――

『――美晴《みはる》。オレだ、ライだ。いつどこで会《あ》えるかわからないから、オレと、潮《うしお》と、旋風《つむじ》のスマホに、それぞれメッセージを残《のこ》しておく』

「ラ、ライくん……！」

私の位置からは動画に映ってるのがどんな人かわからないけど、美晴さんの瞳が一瞬で輝《かがや》いたから、きっと彼女《かのじょ》にとって特別《とくべつ》な人《ひと》なんだと思《おも》う。

『オレ達《たち》、あれからずっとおまえを捜《さが》してる。それからギロンパと戦《たたか》う方法《ほうほう》も。おまえを一人《ひとり》にして、ごめん。でも諦《あきら》めるな。オレ達《たち》、絶対《ぜったい》におまえを救《すく》い出《だ》してみせるから！』

「ラ、ライく……っ！」

ライ……という男《おとこ》の子《こ》の言葉《ことば》は私《わたし》なんかの説得《せっとく》より、よっぽど美晴《みはる》さんの心《こころ》に届《とど》いたみたいだ。剣人《けんと》さんも美晴《みはる》さんの心《こころ》の変化《へんか》に気《き》づいたのか、フッと目《め》を細《ほそ》める。

「さぁ、もういいかげん行《い》くぞ。時間《じかん》がない」

さらに剣人《けんと》さんは、美晴《みはる》さんに向《む》かってもう一言《ひとこと》。

「そのライとやらに会《あ》いたいんだろ？」

「は、はい……！」

そうして今度《こんど》こそ、美晴《みはる》さんは私達《わたしたち》と一緒《いっしょ》に走《はし》り出《だ》した――！

無限駅《むげんえき》のコントロールが、ギロンパ達《たち》の手《て》に戻《もど》ってしまうまで残《のこ》り1分《ぷん》……。

私達《わたしたち》は階段《かいだん》を下《お》りて地下《ちか》11階《かい》にあるプラットホームに到着《とうちゃく》した。ホームには2両編成《りょうへんせい》の短《みじか》い電車《でんしゃ》が停《と》まっていて、みんな急《いそ》いで中《なか》に乗《の》り込《こ》む。

「ちょっとこれ、どうやって動《うご》かすのよ!?」

「電車《でんしゃ》の電源《でんげん》は入《はい》ってるクル！　……じゃなくて入《はい》ってるはずです！」

「ここは任《まか》せて下《くだ》さい。ボク、ゲームセンターで電車運転《でんしゃうんてん》シミュレーターを何度《なんど》もプレイしたことがあるんで！」

「おお、さすがホリエっち。オタクの鑑《かがみ》や！　意外《いがい》な経験《けいけん》が役《やく》に立《た》つなぁ！」

「オタクって言《い》うな!!」

堀江《ほりえ》くんはこめかみに青筋《あおすじ》を立《た》てながら、運転席《うんてんせき》に座《すわ》って電車《でんしゃ》を操縦《そうじゅう》し始《はじ》めた。

プァ――ッと発車《はっしゃ》の音《おと》が派手《はで》に鳴《な》って、電車《でんしゃ》の車輪《しゃりん》が動《うご》き出《だ》す。

「では行《い》っきますよぉ～～～!!」

「おう、行《い》ったれ、行《い》ったれ！」

「もう二度《にど》とこんなところ、戻《もど》ってこないわよっ！」

みんなの威勢《いせい》のいい声《こえ》と共《とも》に電車《でんしゃ》は走《はし》り出《だ》した。地下《ちか》トンネルの線路《せんろ》は螺旋階段《らせんかいだん》のようにぐるぐると回《まわ》りながら、地上目指《ちじょうめざ》して上昇《じょうしょう》していく。

『オ、オニョレ～～～！　よくも無限駅《むげんえき》から逃《に》げ出《だ》したなぁ？　絶対許《ぜったいゆる》さないチョロ～～～!!』

「きゃっ！　この声《こえ》、チョロンパ!?」

「タイムリミットが過《す》ぎて、再起動《さいきどう》したのか」

私《わたし》と剣人さんは、思《おも》わず顔《かお》を見合《みあ》わせた。ブーブーッという不気味《ぶきみ》なアラート音《おん》が、無《む》限駅《げんえき》に響《ひび》き渡《わた》る。

「ホリエっち、もっとスピードあげーや！　チョロンパが追《お》っかけてくるで！」

「わ、わかってますよ！　トップスピードで行《い》きますよぉぉ！」

私達《わたしたち》が乗《の》る電車《でんしゃ》はさらにスピードを増《ま》して、長《なが》い長《なが》いトンネルを抜《ぬ》けた。地上《ちじょう》に出《で》ると無限駅《むげんえき》のあちこちのホームから、電車《でんしゃ》が発車《はっしゃ》している様子《ようす》が見《み》える。

「他《ほか》のみんなも、電車《でんしゃ》に乗《の》って脱出《だっしゅつ》できているでしょうか……」

「今《いま》はそうだと祈《いの》るしかない」

外《そと》を見《み》ながら、私《わたし》と剣人《けんと》さんは他《ほか》のプレイヤーの無事《ぶじ》を祈《いの》った。そのまま電車《でんしゃ》の後方《こうほう》に視線《しせん》を向《む》けると、金色《きんいろ》に輝《かがや》く機関車《きかんしゃ》が猛《もう》スピードで近《ちか》づいてくるのが見《み》えた。

「ウッホホーーーイ！　ギロンパ様《さま》は世界一《せかいいち》ィィ！　ギロンパ様《さま》のためならば、たとえ火《ひ》の中水《なかみず》の中《なか》アァーーーー!!」

「きゃあっ、チョロンパ!?」

機関車《きかんしゃ》を操縦《そうじゅう》しているのはチョロンパだった！　機関車《きかんしゃ》は煙突《えんとつ》からもうもうと黒《くろ》い煙《けむり》を吐《は》き出《だ》し、隣《となり》の線路《せんろ》をものすごいスピードで並走《へいそう》する。

「くつらえぇ、チョロンパ特製《とくせい》ミニチョロンパ爆弾《ばくだん》！　おまえらまとめて地獄行《じごくい》きだ〜！」

「きゃ、きゃあぁぁ――っ！」

列車同士《れっしゃどうし》が激《はげ》しいデッドヒートを繰《く》り広《ひろ》げる中《なか》、向《む》かい側《がわ》を暴走《ぼうそう》するチョロンパからミニチョロンパ爆弾《ばくだん》が発射《はっしゃ》された！

――バシュッ！　バシュッ！　バシュッ！

ミニチョロンパ爆弾《ばくだん》は私達《わたしたち》の電車《でんしゃ》に次々《つぎつぎ》と命中《めいちゅう》し、車両《しゃりょう》を破壊《はかい》していく。

窓《まど》は全《すべ》て割《わ》れ、車両《しゃりょう》の壁《かべ》も爆弾《ばくだん》によって大《おお》きな穴《あな》が開《あ》いてしまう。

私達《わたしたち》は必死《ひっし》に床《ゆか》の上《うえ》に伏《ふ》せて、チョロンパの攻撃《こうげき》から身《み》を守《まも》った。

「ワォオーンッ！」

「この車両《しゃりょう》はもうダメだ、前《まえ》の車両《しゃりょう》に飛《と》び移《うつ》れ！」

「は、はい！」

後《うし》ろの車両《しゃりょう》に乗《の》っていた私《わたし》・剣人《けんと》さん・ムサシは、前《まえ》の車両《しゃりょう》めがけて走《はし》り出《だ》した。

だけどこんな時《とき》に限《かぎ》って私《わたし》の足《あし》はもつれて、あと少《すこ》しのところで転《ころ》んでしまう。

「きゃあっ！」

「妃名乃《ひなの》！」

私《わたし》が転《ころ》んだのと同《おな》じタイミングで、チョロンパ爆弾《ばくだん》が車両《しゃりょう》の連結部分《れんけつぶぶん》を吹《ふ》き飛《と》ばした。

2両目《りょうめ》は1両目《りょうめ》と切《き》り離《はな》され、どんどん後《うし》ろに下《さ》がっていってしまう。

「妃名乃、行け！」

だけど次《つぎ》の瞬間《しゅんかん》、私《わたし》の身体《からだ》は、ドンッ、と勢《いきお》いよく前《まえ》に突《つ》き飛《と》ばされた。私《わたし》はその勢《いきお》いで1両目《りょうめ》に乗《の》り移《うつ》る。

「妃名乃《ひなの》ちゃん、大丈夫《だいじょうぶ》!?」

「あ、はい、私《わたし》……」

「おい剣人《けんと》、しっかりせいや！」

「!?」

後《うし》ろを振《ふ》り向《む》くと、剣人《けんと》さんが吹《ふ》き飛《と》ばされた連結部分《れんけつぶぶん》に辛《かろ》うじて片手《かたて》一本《いっぽん》でしがみついている。

切《き》り離《はな》された2両目《りょうめ》はあっという間《ま》に線路《せんろ》の向《む》こうに見《み》えなくなっていく。このままじゃ剣人《けんと》さんは、猛《もう》スピードで走《はし》る電車《でんしゃ》から振《ふ》り落《お》とされてしまう。

「い、いやぁあ――っ！　剣人《けんと》さん！」

「剣人《けんと》、捕《つか》まれ！」

私《わたし》が悲鳴《ひめい》を上《あ》げている間《あいだ》にも、戸坂《とさか》くんが剣人《けんと》さんを助《たす》けようと手《て》を差《さ》し出《だ》す。

でもミニチョロンパ爆弾《ばくだん》があちこちに当《あ》たり、電車《でんしゃ》がまた大《おお》きく揺《ゆ》れる。

「オラオラオラオラ、全員死《ぜんいんし》ねぇ！　ギロンパ様《さま》に逆《さか》らう奴《やつ》らは皆殺《みなごろ》しだチョロ～～～!!」

「いや、やめて、チョロンパ！」

激《はげ》しい爆風《ばくふう》と衝撃《しょうげき》で、もうまともに立《た》ってもいられない。強《つよ》い風圧《ふうあつ》に晒《さら》されているせいで、剣人《けんと》さんの握力《あくりょく》もそろそろ限界《げんかい》みたいだ。

「く、くそ、ここまで……か……っ」

「バカ、何諦《なにあきら》めようとしてんねん！」

苦《くる》しそうな剣人《けんと》さんに向《む》かって、戸坂《とさか》くんは叫《さけ》ぶ。

「おまえがここでリタイアするなら、ヒナちゃんはオレが頂《いただ》くで！」

「！」

戸坂《とさか》くんがとんでもないことを口走《くちばし》った瞬間《しゅんかん》、剣人《けんと》さんの目《め》がカッと大《おお》きく見開《みひら》かれた。

「戸坂《とさか》、おまえ……ふざけんなよっ！」

「ふざけてないで、オレは本気《ほんき》や！　悔《くや》しかったらこの腕《うで》をつかんで上《あ》がってこい！」

「い、言《い》われなくとも……！」

さらに美晴《みはる》さんや潮《うしお》さんも協力《きょうりょく》して、剣人《けんと》さんの体《からだ》を車両《しゃりょう》の上《うえ》に引《ひ》っ張《ぱ》り上《あ》げる。

「手伝《てつだ》います！」

「戸坂《とさか》くんの体《からだ》を引《ひ》っ張《ぱ》って！　せーの・せっ！」

こうしてチョロンパの激《はげ》しい攻撃《こうげき》の間《あいだ》をかいくぐって、なんとか剣人《けんと》さんを引《ひ》き上《あ》げることができた。私《わたし》はボロボロ涙《なみだ》をこぼしながら、まっすぐ剣人《けんと》さんに駆《か》け寄《よ》る。

「剣人《けんと》さん！」

「妃名乃《ひなの》……」

思《おも》いっきり抱《だ》きつくと、剣人《けんと》さんは私《わたし》の体《からだ》を力強《ちからづよ》く受《う》け止《と》めてくれた。

ああよかった。剣人《けんと》さん、剣人《けんと》さん、剣人《けんと》さん………！

激《はげ》しく泣《な》きじゃくる私《わたし》の頭《あたま》を、剣人《けんと》さんがまたポンポンと優《やさ》しくなでる。

「なんやねん、これ。ほんまオレ、損《そん》な役回《やくまわ》りやわ……」

「フフッ、でも案外《あんがい》カッコよかったですよ、戸坂《とさか》くん」

そんな私達《わたしたち》を見《み》ながら、戸坂《とさか》くんと潮《うしお》ちゃんが軽《かる》く肩《かた》をすくませた。

ありがとう、戸坂《とさか》くん。剣人《けんと》さんを助《たす》けてくれて。

犬猿《けんえん》の仲《なか》だと思《おも》ってた二人《ふたり》だけど、もしかして『ケンカするほど仲《なか》がいい』……ということなのかもしれない。こんなこと言《い》ったら、二人《ふたり》は「そんなはずない！」ってムキになって否定《ひてい》するだろうけど。


「あわわわわっ、大変《たいへん》です！　この先《さき》の鉄橋《てっきょう》が途中《とちゅう》で途切《とぎ》れてますよぉぉっ！」

「！」

けれど一難《いちなん》去《さ》ってまた一難《いちなん》。今度《こんど》は運転席《うんてんせき》から堀江《ほりえ》くんの絶叫《ぜっきょう》が聞《き》こえてきた。

慌《あわ》てて窓《まど》の外《そと》を見《み》ると——荒野《こうや》の先《さき》にある鉄橋《てっきょう》は真《ま》ん中《なか》が爆破《ばくは》されて渡《わた》れないようになっていた。向《む》こう岸《ぎし》の線路《せんろ》まで、少《すく》なくとも50m《メートル》は離《はな》れてる。このまま走《はし》っていけば暗《くら》くて深《ふか》い谷底《たにぞこ》へ電車《でんしゃ》ごと真《ま》っ逆《さか》さまに落《お》ちてしまうだろう。

「ウキョキョキョキョキョー！　追《お》いつーめた！　おまえら全員《ぜんいん》、ここでチョロンパに捕《つか》まればいいチョロ～☆」

チョロンパの乗《の》る機関車《きかんしゃ》はボーッ、ボーッと、また煙突《えんとつ》から激《はげ》しい煙《けむり》を吐《は》き出《だ》した。

「——どうする？」

「……」

その時《とき》、みんなの視線《しせん》が一斉《いっせい》に私《わたし》に集中《しゅうちゅう》する。

剣人《けんと》さんも戸坂《とさか》くんもムサシも蓮花《れんか》さんも潮《うしお》さんも……。それから後《あと》から仲間《なかま》に加《くわ》わった堀江《ほりえ》くんや美晴《みはる》さんも私《わたし》の判断《はんだん》を待《ま》ってるみたい。

私《わたし》はゆっくりとみんなの顔《かお》を見回《みまわ》した後《あと》、コクンとうなずいた。

「——しかたないです、このままスピードを上《あ》げて橋《はし》を飛《と》び越《こ》えましょう」

私《わたし》は一《いち》か八《ばち》かの賭《か》けに出《で》た。チョロンパの追撃《ついげき》をかわすには、この手《て》しかない。

みんなはゴクリと生唾《なまつば》を飲《の》み込《こ》みながら、視線《しせん》を合《あ》わせてうなずき合《あ》った。

「そう……だな。それしかないな」

「本気《ほんき》ですかぁ？　もうどうなっても知《し》りませんよぉ〜？」

「アホか！　チョロンパに捕《つか》まって殺《ころ》されるより何百倍《なんびゃくばい》もマシな選択《せんたく》や！」

「ふんっ。こんなピンチ、蓮花様《れんかさま》にとっては屁《へ》でもないわよ！」

「美晴《みはる》ちゃん、潮《うしお》と一緒《いっしょ》にライくん達《たち》のところに帰《かえ》りましょう！」

「うん！」

「ワォオォーーンッ！」

この時《とき》、私達《わたしたち》の心《こころ》は本当《ほんとう》の意味《いみ》で一《ひと》つになった。堀江《ほりえ》くんが握《にぎ》る運転《うんてん》レバーに一人《ひとり》一人《ひとり》が手《て》を添《そ》えて、一気《いっき》に最高速度《さいこうそくど》まで加速《かそく》していく。

「はぁ？　おまえらなんで減速《げんそく》しないチョロ？　まさか自分《じぶん》から死《し》にに行《い》くつもりなのかチョロ〜〜〜!?」

チョロンパにとって私達《わたしたち》の決断《けつだん》は予測不可能《よそくふかのう》だったようだ。

電車《でんしゃ》はスピードを落《お》とさないまま、とうとう破壊《はかい》された鉄橋《てっきょう》に差《さ》し掛《か》かり、そして——

私達《わたしたち》は全員《ぜんいん》そろって、大《おお》きな声《こえ》を上《あ》げる。

「「「「「「よぉおし、いっけぇぇ――――!」」」」」」

「ウ、ウソだチョロ? おまえら本物《ほんもの》のバカだチョロ〜〜〜〜!!」

私達《わたしたち》の乗《の》る電車《でんしゃ》は線路《せんろ》から勢《いきお》いよく跳《と》び出《だ》し空中《くうちゅう》を……。

星《ほし》が瞬《また》く夜空《よぞら》の中《なか》を飛《と》んだ。

逆《ぎゃく》にチョロンパの機関車《きかんしゃ》は減速《げんそく》していたせいで橋《はし》を飛《と》び越《こ》えられずに、ガラガラと谷底《たにぞこ》へと落《お》ちていく。

「そ、そんな……こんな……ギ、ギロンパ様《さま》ぁ〜〜〜〜っっ!!」

薄暗《うすぐら》い荒野《こうや》の中《なか》で、チョロンパの絶叫《ぜっきょう》だけが響《ひび》く。

電車《でんしゃ》ごと空《そら》を飛《と》んで一《いち》か八《ばち》かの賭《か》けに出《で》た私達《わたしたち》は――

向《む》こう岸《ぎし》に渡《わた》れたかどうかもわからないまま、突然《とつぜん》ぷつりと意識《いしき》を失《うしな》った。

エピローグ
これからも

――ザザーン……ザザーン……。


近《ちか》くから、静《しず》かな波《なみ》の音《おと》が聞《き》こえていた。

頬《ほお》に感《かん》じるのはザラリとした砂《すな》の感触《かんしょく》。

私《わたし》はうっすらと目《め》を開《あ》け、長《なが》い眠《ねむ》りから覚《さ》める。

「クゥ〜ン、クゥ〜ン……」

「あ、ムサ……シ？」

すぐそばにはムサシがいて、私《わたし》のほっぺを心配《しんぱい》そうになめていた。

ぼんやりとしたまま、私《わたし》はゆっくりと上体《じょうたい》を起《お》こす。

「ここ、どこ？　私《わたし》は一体《いったい》……」

視界《しかい》が少《すこ》しずつクリアになると、まぶしい青色《あおいろ》が見《み》えた。

私《わたし》はパチパチと瞬《まばた》きを繰《く》り返《かえ》し、目《め》の前《まえ》に広《ひろ》がる景色《けしき》を確認《かくにん》する。

「ウ、ウソ、なんで私《わたし》、こんな所《ところ》に……」

「クゥ〜ン……」

視界一面《しかいいちめん》に広《ひろ》がっていたのは——青《あお》い海《うみ》と南国《なんごく》を思《おも》わせるような白《しろ》い砂浜《すなはま》。

そして真夏《まなつ》のようにギラギラ光《ひか》る太陽《たいよう》。

さっきまでいた荒野《こうや》とは似《に》ても似《に》つかぬ場所《ばしょ》だった。

そうだ、私達《わたしたち》は無限駅《むげんえき》から脱出《だっしゅつ》して、機関車《きかんしゃ》に乗《の》ったチョロンパから逃《に》げるために、鉄橋《てっきょう》を飛《と》び越《こ》えようとして……それで——

「け、剣人《けんと》さん？　潮《うしお》ちゃん、戸坂《とさか》くん、蓮花《れんか》さん！　えっとそれと……堀江《ほりえ》くんに美晴《みはる》さん！　誰《だれ》か近《ちか》くにいませんかっ!?」

私《わたし》は慌《あわ》てて周《まわ》りを見渡《みわた》すけど、近《ちか》くに人《ひと》の気配《けはい》はない。広《ひろ》い砂浜《すなはま》で私《わたし》はムサシと二人《ふたり》きりだ。

「な、なんで？　みんなどこに行《い》っちゃったの？　それともここは天国《てんごく》……なの？」

今《いま》にもこぼれそうになる涙《なみだ》を我慢《がまん》して、すぐそばで座《すわ》るムサシに手《て》を伸《の》ばした。

ムサシの頭《あたま》をなでると、とてもとても温《あたた》かい。これが死《し》んだ体《からだ》だとは到底思《とうていおも》えない。

『ピンポンパンポーン！　プレイヤーの皆様《みなさま》にお知《し》らせするロン！　本日《ほんじつ》のギルティゲームは30分後《ぷんご》から始《はじ》めるロン！　それまでにジャングルの中央《ちゅうおう》にあるギロンパ広場《ひろば》に集合《しゅうごう》するロ～ン☆』

「……えっ!?」

その時《とき》、砂浜《すなはま》の向《む》こうにある森《もり》の中《なか》から突然《とつぜん》ギロンパの陽気《ようき》なアナウンスが流《なが》れた。

ウソ、まさかこれって……もしかして……。

改《あらた》めてムサシを見《み》ると、首輪《くびわ》がはめられている。

私《わたし》の首元《くびもと》にも、冷《つめ》たくて不気味《ぶきみ》な金属《きんぞく》の感触《かんしょく》があった。

「ま、まさか私《わたし》、新《あたら》しいギルティゲームの会場《かいじょう》に、連《つ》れてこられた……の？」

「クゥ～ン……」

それは想定《そうてい》していた中《なか》でも、最悪《さいあく》な状況《じょうきょう》だった。無限駅《むげんえき》を脱出《だっしゅつ》したのに、私《わたし》はまた見知《みし》らぬ場所《ばしょ》に移動《いどう》させられたみたいだ。

しかも剣人《けんと》さんや潮《うしお》さん達《たち》とも離《はな》れ離《ばな》れになってしまい、みんなの消息《しょうそく》もわからない。

この南《みなみ》の島《しま》みたいな場所《ばしょ》で再会《さいかい》できればいいけど、ギロンパが私《わたし》に都合《つごう》のいいシチュエーションを用意《ようい》しているとは思《おも》えない……。

「ど、どうしよう、ムサシ。私《わたし》、どうしよう……」

「クゥ〜ン……」

私《わたし》はしばらくその場《ば》から立《た》ち上《あ》がれず、放心《ほうしん》していた。

だけど泣《な》くのは必死《ひっし》に我慢《がまん》する。

昨日《きのう》までの私《わたし》だったら、心細《こころぼそ》くてわんわんと声《こえ》を上《あ》げて泣《な》いたかもしれない。

だけど私《わたし》はもう知《し》っている。いくら泣《な》いたところで、この厳《きび》しい現実《げんじつ》は何《なに》ひとつ変《か》わらないってことを……。

『だけど妃名乃《ひなの》、あたしがいなくてもあんたならきっと……。きっとギルティゲームを勝《か》ち抜《ぬ》ける。最後《さいご》まで絶対《ぜったい》に諦《あきら》めちゃだめだよ』

(お姉《ねえ》ちゃん……)

もうこの世《よ》にはいない、大好《だいす》きなお姉《ねえ》ちゃんの言葉《ことば》を思《おも》い出《だ》す。

夢《ゆめ》の中《なか》でお姉《ねえ》ちゃんが励《はげ》ましてくれたから、私《わたし》はどんな辛《つら》い状況《じょうきょう》でも頑張《がんば》れた。

剣人《けんと》さんや蓮花《れんか》さん達《たち》と出会《であ》って、何度《なんど》も絶望《ぜつぼう》して、生《い》きることを諦《あきら》めそうになったこともあったけど……。

それでも最後《さいご》はみんなで力《ちから》を合《あ》わせて、ギロンパやチョロンパに立《た》ち向《む》かうことができたんだ！

「ムサシ、私《わたし》……。私《わたし》はこんなところで立《た》ち止《ど》まってる場合《ばあい》じゃ……ない、よね」

「ワォン！」

私《わたし》が必死《ひっし》に笑顔《えがお》を作《つく》ると、ムサシは尻尾《しっぽ》を振《ふ》って私《わたし》の周《まわ》りを走《はし》り回《まわ》った。

そうだ、私《わたし》は絶対《ぜったい》……負《ま》けない。あんな残酷《ざんこく》な方法《ほうほう》で私《わたし》からお姉《ねえ》ちゃんを奪《うば》っていったギロンパなんかには絶対《ぜったい》負《ま》けてやらない！

たとえもう一度《いちど》ギルティゲームに巻《ま》き込《こ》まれたとしても、戦《たたか》って、戦《たたか》って、戦《たたか》って。

今《いま》は変《か》えられない現実《げんじつ》でも、いつかみんなと力《ちから》を合《あ》わせて——必《かなら》ずギロンパを倒《たお》してみせる!!

「行《い》こう、ムサシ。ギロンパを倒《たお》すためにはギルティゲームに参加《さんか》して、一人《ひとり》でも多《おお》くの仲間《なかま》を集《あつ》めなきゃ……」

「ワン！」

そうして私《わたし》は深《ふか》く生《お》い茂《しげ》るジャングルに向《む》かって、ゆっくり歩《ある》きだした。

生《い》きてさえいれば、きっとまたみんなに会《あ》える。

剣人《けんと》さんとも絶対《ぜったい》に再会《さいかい》できる——!!

緩《ゆる》やかな潮風《しおかぜ》が吹《ふ》きぬける中《なか》、私《わたし》・加納妃名乃《かのうひなの》は、そう決意《けつい》を新《あら》たにするのだった。


【おわり】

Shogakukan Junior Bunko

★小学館ジュニア文庫★

ギルティゲーム stage2 無限駅からの脱出

2017年 3 月27日　初版第 1 刷発行

著者／宮沢みゆき
イラスト／鈴羅木かりん

発行人／立川義剛
編集人／吉田憲生
編集／山口久美子

発行所／株式会社　小学館
〒101-8001　東京都千代田区一ツ橋２－３－１
電話　編集　03-3230-5105
販売　03-5281-3555

印刷・製本／加藤製版印刷株式会社

デザイン／伸童舎

Printed in Japan　ISBN 978-4-09-231154-1